メディアワークス文庫

あなたが眠るまでの物語

遠野海人

目　次

静かな建物の中は、今日も命のにおいで満ちていた。

更衣室の前でこのにおいを嗅ぐと、私は今日も出勤してきたのだと感じる。

薬品のにおいとは違う。他人の家に入ったときに感じる生活臭とも違う。

やや甘いにおいだ。食事や、シーツに残る柔軟剤のにおいなどが混じり合っているせいだろう。

真っ白な部屋で、清潔な白い制服に着替える。看護師の制服は昔に比べると様々なカラーバリエーションが増えたけれど、うちの病院では一律で白だ。

肩ほどまで伸びた髪を後ろでまとめる。

髪留めがぱちんと音を立て、それを合図に私の仕事は今日も始まる。

一章　天国に近い場所

しんと静かな朝の廊下を私はまっすぐ歩いていく。病室は個室ばかりだから、それぞれの生活音は扉に阻まれて廊下には響いてこない。うちの病院は二棟にわたる大きな総合病院だけれど、午前中の院内でこれほど静かなのは四階のここ、緩和ケア病棟だけだ。

ナースワゴンを押すと車輪が回る。大きな音は立たないようにできているので、カラカラと軽い音が聞こえるだけだ。

小さなワゴンの上にはノートパソコンが載っている。患者さんの様子や体調を電子カルテで確認し、新たに書き込むためだ。片手で動かせるほど軽いワゴンには他にも手袋やゴミ箱が用意してある。どれも病室を巡回するときの必需品だ。

病室は全部で十部屋あって、大きめのテレビと冷蔵庫がついている有料の病床が一つ、残りは追加料金のいらない無料の個室となっている。

現在病室には空きがなく、仮にできてもすぐに新しい人がやってくる。見学に訪れる人も少なくない。

それだけ病を患っている人が多いのか、それとも緩和ケア病床が少ないのか。おそらくはその両方だろう。

「おはようございます」

朝の仕事は患者さんへの挨拶から始まる。

本当は出勤して服を着替えた時点から看護師の仕事は始まっているし、夜勤からの引き継ぎもあるのだけれど、患者さんと接する瞬間には一段と気が引き締まる。

「おはよう」

四〇三号室に入院している橋爪（はしづめ）さんは七十二歳。

大腸がんを患っていて、骨や筋が浮き出るほど痩せ細っている。けれど声には張りがあって、実際の声量以上に迫力のある話し方をする人だ。それでいて威圧感はなく、聞き取りやすい。

うちの緩和ケア病棟の場合、どの部屋にも心拍数や呼吸を測る機器やモニター類を置いていない。だから病室に電子音はなく、空間も広く感じる。

ここに入院している患者さんは基本的に末期のがん患者さんばかり。がんと一口に言っても部位やステージによって症状は異なる。だから同じ病棟に入院している人でも調子の良さは人それぞれだ。

毎日の食事を楽しみにできる人もいれば、食欲不振に悩んでいたり、口から食事をすることが困難な人もいる。

自力ではベッドから起き上がれない人もいれば、廊下を散歩したり、テラスで外の空気を感じている人もいる。呼びかけに反応が薄い人もいるし、たくさん話をしてくれる人もいる。

橋爪さんの場合は、とにかくよくしゃべる患者さんだ。

「昨日のナイターはひどい試合だったな。継投のタイミングが悪かった。どうして調子の良い先発をあの場面で交代にするのか、おれにはわからん」

挨拶が終わるとすぐ、橋爪さんは大好きな野球の話を始める。

野球には詳しくなくて、内容がちゃんと理解できているとは言えないけれど「そうなんですね」と相槌を打つ。

緩和ケア病棟に入院する患者さんは、主治医によって「余命一ヶ月以内」と言われている人がほとんどだ。

もちろん余命宣告というのは確実に的中するものではない。あくまで主治医の経験に基づく推測なので、当然外れることもある。入院してきて二ヶ月以上経つ患者さんも何人かはいるし、それよりも短い期間しか入院しなかった人もいる。

本来、緩和ケア自体は終末期医療に限定されない。がんの進行による痛みやその治療にまつわる精神的な不安や肉体的な苦痛を和らげる、というのが緩和ケアなので、実際にはがんの治療を始めた瞬間から始まっている。

けれど、うちの緩和ケア病棟に入院してくる人のほとんどは終末期だ。

だからこれだけおしゃべりで、意識が四六時中はっきりしている橋爪さんのような人は珍しい。

「脈拍を測らせてくださいね」

橋爪さんの手首に触れながら、胸ポケットから時計を取り出す。

看護師の仕事は時計を見る機会が多い。脈拍を測るのはもちろんだけど、点滴を交換し、滴下調整をするときにも秒針と雫(しずく)を見比べることになる。

時計をどう身につけるか、というのは好みがあって、私は胸ポケットにストラップ付きでしまっておくのに慣れている。

片手に時計を載せたまま、もう一方の手で血管を探す。乾燥した肌の下に脂肪はなく、すぐに骨と筋の感触に行き当たる。その中から指先で、かすかな血管の動きを感じ取る。

一分間、脈拍数を数えて「ありがとうございます」と手を離した。時計をしまいながら、脈拍を記録する。この一週間、体調は安定していて脈にも大きな変化はない。

「橋爪さん、調子はいかがですか」

「あまり良くない。三連戦は負け越しが決まった。クライマックスシリーズへの進出も絶望的だ。まったく不甲斐(ふがい)ないよ」

「それは困りましたね」

私が尋ねたのは橋爪さん自身の体調であって、応援している野球チームの調子ではない。でも、この様子だと体調は安定しているのだろう。不眠やせん妄などの症状も出ていないということだ。

ここに入院している患者さんは当然ながら具合の悪いことが多い。痛みに苦しんでいたり、眠れなかったり、熱が下がらなかったり、人によって様々な症状を抱えている。

それらの苦痛を投薬や点滴でコントロールすることが求められるのだけど、症状が進行すると期待する効果が発揮されないこともある。薬によっては副作用がきつく、そちらへの対処が必要になる場合も少なくはない。

でも橋爪さんの場合はとてもうまくいっているようだ。体温と血圧も問題ない。数値では測ることのできない精神面も、この様子だと大丈夫そうだ。

「そういえば、えぇっと」

橋爪さんの視線が私の名札を探すように動く。

主治医と違って、看護師はとにかく患者さんに顔と名前を覚えてもらいにくい役職だ。日や時間帯によって担当する看護師も替わるし、マスクをしているから人相もわかりにくい。

だからこそ、こちらの名前を呼ぼうとしてくれる努力が嬉しい。

私はさりげなく『倉田』とついた名札が見えやすいように少しだけ胸を張る。すぐに橋爪さんの目は私の名字を見つけることができたようだった。

「倉田さんは球場に行ったことあるか」

「いえ、ありません」

「もったいない。あそこは野球に興味がなくても楽しい場所だぞ。おれも昔は足繁く通ったもんだ。試合を見るだけなら中継のほうがよほど見やすいが、その場の空気を味わうのは格別だよ。好きなスポーツとかないのか」

どうやら橋爪さんはまだ話し足りないようだ。

可能なかぎりお付き合いしたいけれど、まだ朝の体調チェックが終わっていない患者さんもいる。一つの病室に長居することはできない。

かといって、まだまだ話しかけてくる橋爪さんを振り切っていくのも難しそうだ。

「昔はサッカーとか見ましたよ。弟が好きだったので、その付き合いで」

「そうか。サッカーもいいスポーツだな。特にＰＫ戦にもつれこんだときの緊張感がいい」

「橋爪さんは本当にスポーツがお好きなんですね」

それから私はもうしばらくの間だけ、橋爪さんとの会話を続けることにした。

今日担当する患者さんへの挨拶を終えたあとは、点滴の交換や薬剤の準備を行う。点滴や薬剤は投与する量や時間を間違えると命に関わる一大事だ。万が一にもミスがないよう、必ず複数人でチェックをする。

それが終わると次はカンファレンスだ。看護師と主治医が集まって患者さんそれぞれに対するケアの方針や病状について情報を共有する。

「そうですか。好きなスポーツに熱中できるのは良いことですね」

主治医の高橋(たかはし)先生は、私がまとめた橋爪さんの現状についての報告を受けて、口元に笑みを浮かべた。

高橋先生は四十代の男性医師で、聞き取りやすいバリトンボイスは看護師からも患者さんからも評判が良い。重度のカフェイン依存症で、いつも身体(からだ)にコーヒーのにおいをまとっているのも特徴の一つだ。

「十月にもなるとリーグ戦終盤で一層盛り上がりますから、気持ちはわかります。ところで、ご家族との面談については？」

「連絡は取っていますが、まだ都合がつかないようです」

患者さんのケアをどうしていくかは原則ご本人の意向を尊重することになっているが、同じようにご家族の意志を確認することも大切になってくる。

このまま入院生活を続けるほうがいいのか。

それとも住み慣れた自宅で時間を過ごすのがいいのか。

こういった方針に絶対の正解はなく、個々の患者さんに合った答えを導き出さなくてはならない。

橋爪さんの場合は奥さんがすでに他界しており、近親者は娘さんだけだ。そのためこちらとしては娘さんと面談して、今後の治療方針を決めたいのだけれど、何度連絡しても反応は鈍かった。

多忙なせいか、電話がつながること自体が少なく、つながったとしても「都合がつかない」と面談は先延ばしになっている。

「私はいつでも面談の時間を作りますから、ご家族の予定優先でお願いします」

そう言って、高橋先生は次の患者さんに関するカンファレンスへと移った。

橋爪さんの家族との面談も気がかりだけど、それだけにかまけてはいられない。入院している患者さんは他にもいる。

お昼になれば、昼食の配膳を行う。

他の入院病棟では、リハビリの意味も兼ねて食器の載ったトレイを自力で運ぶように促す場所もあるがこの病棟では看護師が運ぶ。

私は仕事をしている間、どの患者さんに対しても平等に接するよう心がけている。けれど、生身の人間同士がコミュニケーションを取るのだから相性はある。顔を合わせるだけで話が弾む患者さんもいれば、取り付く島もない患者さんもいた。

四〇六号室の患者さん、茢田(かりた)虎太郎(こたろう)くん。

小児がんの一種である神経芽腫を患っている虎太郎くんはまだ十二歳。症状としては下半身の麻痺(まひ)だけでなく、高熱に浮かされることが多い。

ただ今日は朝から熱は下がっていて、意識もはっきりしているようだった。それでも虎太郎くんはこちらの呼びかけを三回に二回は無視する、難しい患者さんだ。

「虎太郎くん。どうかな、今日はごはん食べられそう？」

十二歳の小柄な少年は、声をかけても顔をそむけたままで答えない。これは反応がないというより、意図的に無視している状態だ。最悪返事はなくてもいいが、食欲がないのは問題がある。

「虎太郎くん、好きな食べ物ってある？」

どんなものでも、自分の口から栄養を摂取することは体力維持に大切だ。

ただ病状によっては食欲不振に悩まされる場合もある。

その対策として、少しでも食べたいと思えるもの、好物を使った献立を栄養士さんが考案してくれているのだが、虎太郎くんにはまだ効果がない。

今日の昼食も、虎太郎くんの父親から聞いていた好物の三色ゼリーを用意したのだが、一瞥（いちべつ）もくれない。

「お父さんからある程度は聞いてるんだけど、虎太郎くんからも聞いておきたくて。栄養士さんがおいしい献立を考えてくれるよ」

再度の呼びかけにも虎太郎くんはやっぱり無反応だった。

会話の糸口を探して、室内を見回す。

緩和ケア病棟の個室は一般病棟のものに比べると広い。それは面会に来た家族と充実した時間を過ごすためで、ソファなども用意されている。私物を持ち込むこともできるから、入院期間が長い患者さんの病室にはその人の個性が表れる。

　虎太郎くんの病室には、漫画雑誌やゲーム機など彼自身の所持品と思われるものがたしかにある。

　だけどそのどれもが最近触れられた形跡はなく、病室に持ち込まれたときのまま、整頓した状態で放置されていた。

　明らかに誰かが触れた形跡があるのは、部屋の隅にあるダンボール箱だけ。半分開いている箱の中には水のペットボトルが詰まっている。同じものがすでに三つも積まれている。

「バカバカしいでしょ」

　私がダンボール箱を見ているのに気づいたのか、虎太郎くんは小さく疲れ切った声で言った。

　さっきまでそっぽを向いていた虎太郎くんの視線は、水の入ったダンボール箱に向けられている。

「それ、母さんが持ってきたんだ。飲めば病気が治る水だってさ」

　どう答えればいいのか、難しい話題だ。

　自由診療――いわゆる民間療法というものがある。

　現在の医学では科学的な効果が証明されていないけど、がんに効くという水や、粉や、置物といったものが世の中では平気な顔をして売られている。おそらくここにある水もその一種なのだろう。

そしてそれは大抵の場合、法外な値段を請求される。

私はどちらかというとそういうものを信じていない。弱っている人につけこんで、金銭を巻き上げようとする行為だと軽蔑しているくらいだ。

けれど、法外な値段であることを除けば精神面を安定させる効果がある点を否定はできない。

医学的な効果が疑わしくとも、そばにあることで患者さん本人やそのご家族が安心するのなら、強硬には排除しない。医療上問題にならない範囲であれば、民間療法と共存していく。それがうちの病院の方針だった。

簡単に言うと、妙な食事や薬剤、過度な運動を強いるものであれば遠慮してもらう。それ以外のものならそのままにしておこう、という話だ。虎太郎くんの病室にある様々なダンボール箱は、そういう理由でここに置かれている。

「母さんはまだおれが治るって思い込んでるんだよ。だから遠くのセミナーに参加したり、一本何万円もする水を買ってくる。医者の言うことは信じないけどネットで見つけた自称生き神様の言うことは信じるんだ。笑っちゃうよね」

熱に浮かされたような口調で虎太郎くんはぼやく。

「こんなに苦しいのが続くだけなら、おれは早く死にたいのに」

虎太郎くんの視線は私を見ていない。その目の焦点はこの部屋のどこにも合っていないように感じられた。

けれどそれはたしかに私に向かって放たれた言葉で、だから一瞬言葉を失ってしまう。でも動揺を見せてはいけない。看護師の動揺は、患者さんを不安にさせるだけだから。

私はせめて優しい声で伝える。

「大丈夫。お薬が効いてきたら、少しは楽になると思うから」

虎太郎くんは再びそっぽを向いてしまい、それからはなにも言わなかった。

昼食の配膳が終わったあとは、介助が必要な患者さんのケアをする。

入院している患者さんには虎太郎くんのように、自力では起き上がれない人も少なくない。そういう人には移動や排泄（はいせつ）の介助が必要になる。

有料の病室に入院している松本（まつもと）さんはまさにその介助が必要な患者さんの一人だ。

「身体の向きを変えますね」

仰向けに寝ている松本さんに声をかけると「お願いします」と穏やかな声で返事があった。

枕の位置を調整し、松本さんの腕を胸の上で組む。次に足を動かすことを伝えてから、片方ずつ順番に両膝を立てる。

こうすれば、膝を手前に引くだけで上半身も一緒に動くので、横向けにしやすい。皮膚を傷つけないよう、どの動作も丁寧に声をかけながら、ただし時間は長くかけすぎずに行う。体位変換は体力のいる仕事だが、力任せにやるべきではない。

「ありがとう。楽になった」

ふぅ、と松本さんが小さく息をつく。

四十四歳の松本さんは乳がんを患っている。転移もしているため、自力では移動が困難だ。それでも懸命に話をしてくれるし、お礼の言葉まで口にしてくれる。

誰かに感謝をするというのは一見当たり前のように思えるけれど、想像よりずっと難しいことでもある。特に患者さんの立場になればそうだ。

患者さんは徐々に、自分の身体に不自由を感じていく。

これまで当たり前にできていたことができなくなることは、強いストレスを生む。それを身近な人物や医療従事者にぶつけてしまう人も少なからずいる。

そんな厳しい状況でも、他人に対する感謝を口にできるのはすごいことだ。私は患者さんに感謝の言葉を口にしてもらえるたび、その人に対する畏敬の念が強くなる。

「クリスマスプレゼント」

松本さんはぽつりとそうつぶやいた。

「息子にどんなのを贈ろうかずっと考えてるんだけどね。なにがいいのか、全然わからなくて」

松本さんの視線は、ベッドの脇に並べられた写真立てに向けられていた。そこには松本さんと一緒に小さな男の子が写っている。

写真に記録された過去の松本さんは、真っ白なスカートが嫌味にならないくらい美しい人だ。

それもそのはずで、松本さんは病気が判明するまでは東京で芸能活動をしていたらしい。有名な女優さんだったようで、こうして療養していることも世間には隠しているそうだ。

いつかの夏を切り抜いた写真の中では、誰もが眩しいくらいの笑顔だった。

松本さんも、一緒に写る男の子も、楽しそうに笑っている。二人の手には水鉄砲が握られていて、どちらも髪までぐっしょり濡れていた。

「まだ十月だけど、早めに考えとかないと。もうあの子も高校生だから、欲しいものなんて想像つかないし」

写真の子どもは三歳くらいにしか見えないので、おそらく写真は十五年近く前のものなのだろう。

「息子さんはどんなことが好きなんですか？」

「昔はヒーローごっことかしてたけど、今はどうなんだろう。部活にも入ってないみたいだから、なにが好きなのかもよくわからなくて」

クリスマスプレゼントに思いを馳せている松本さんの横顔は、病床にあってもなおかつての美貌の面影があって綺麗だった。

息子さんのことを語る松本さんの口調には愛情がこもっている。

でも私はまだ松本さんの息子さんを直接見たことがなかった。

松本さんのお見舞いに訪れるのは彼女の両親ばかりで、他の誰かを伴ってきたことは記憶にも記録にも残っていない。

「十二月まではまだ時間があるから、一緒に考えましょう。私も、最近の高校生が好きそうなもの、調べておきます」

「うん、ありがとう」

私の当たり障りのない言葉にうなずいた松本さんはまだ、写真立てに視線を向けたままだ。

まるで見つめていれば、写真を通してその時間へ戻れると信じているような。

そんな真剣な眼差しだった。


朝八時に始まった仕事は夕方の五時に終わる。

だけど、患者さんの体調という予測の難しいものを相手にしているから、時間通りに仕事が終われないこともそう珍しくはない。今日も一時間以上ずれ込んだ。

こういう日は、家に帰ってから自炊する気分にはなれない。

かといって外食するのも気乗りがしない。家に愛犬を一匹で待たせているので、できるだけ早く帰りたかった。

そんなとき、売店は便利だ。寄り道せずとも、病院内で買い物を済ませて帰ることができる。

病院の地下にある売店はインスタント食品だけでなく日用品の品揃えも豊富だ。ついでに歯ブラシやトイレットペーパーといった消耗品もレジに持っていく。

レジにいる濱田さんは私がこの病院で働き始めた頃には、もうすでに売店にいた古株のパートさんだ。三人の息子を育てるお母さんで、少し声が大きい。

「今帰り？　それともこれから夜勤？」

「いえ、帰ります。引き継ぎに時間がかかって遅くなっちゃったんですけど」

「それでインスタント？　ダメだよ、家で食べるならもっと良いもの食べないと。若い子がこんなジャンクフードばっかり食べてちゃ元気になれないでしょ」

「もうそんなに若くないですよ」

気づけば、もうすぐ三十代も終わろうとしている。

社会人になってからは一年がどんどん短くなり、体感よりも早く歳(とし)を取っている気がする。

「それならなおさら食べ物には気をつけないと。そうそう、玉ねぎとね、ヨーグルトが身体にいいらしいのよ。血液がサラサラになるんだって」

濱田さんは誰にでも気さくに話しかけてくれる。

会計の時間は濱田さんの独壇場だ。病院の事情にも詳しい、にぎやかで楽しい人だ。どこか実家の母を思い出させる。

濱田さんの話に相槌を打っていると、ふとレジの近くに停(と)めてある、配達用のカートが目についた。

「あのカートがここに停めてあるの、珍しいですね」

「そう、車輪の調子が悪くてね。勝手に右側に曲がって困ってたんだけど、今日ようやく新しいのに交換できたの。どうせなら車輪だけじゃなくて、カートごと新しくしてほしかったんだけどね。どこも不景気だから。嫌になっちゃう」

一つ尋ねると、答えは十倍になって返ってくる。やっぱり楽しい人だ。

「今日は配達も濱田さんが担当されるんですか？」

「ううん、新しくバイトに来てくれた子がいてね。今は裏でダンボールの整理をしてもらってるんだけどさ」

濱田さんが背後の扉を一瞥する。おそらくその向こうに、新しく来たバイトの人がいるのだろう。

「最近はその子が行ってくれることが増えてて助かってるの。やっぱり配達って、体力がいるでしょ？　腰とか肩とか関節にくるし、ああいうのは若い子がやってくれるとありがたいのよね。まだまだ私が行くことも多いんだけど」

「新しい人が入ったなら良かったですね」

「そうなの。しかも大学生。ほらここって私みたいなパートのおばちゃんか、あとは定年後のおじいさんばかりでしょ？　だから若い子が来てくれると力仕事とか気軽に頼めて助かるの。本当にありがたくってね。つい色々頼んじゃう」

濱田さんのおしゃべりは止まらない。会計は済んだはずが、お釣りの小銭を持ったまま濱田さんは続ける。

「でも最近の子はバイトの選択肢が多いから、長く続けてくれない子が多いんだよね。特にここなんて、時給もそんなに良くないからさ。もしもあの子が配達してるときに会うことがあったら、優しくしてあげて」

わかりました、と返事をして、買ったものを手にようやく売店を出る。後ろに次のお客さんが並ばなかったら、まだ話が終わらなかったかもしれない。

階段を使って一階に戻り、渡り廊下を西側に進む。車で通勤しているため、駐車場のある西棟から外に出なくてはならない。

渡り廊下からは中庭が見える。ベンチといくつかの木々が生い茂る中庭は病院に通う人たちの憩いの場所だ。病室の窓から見ても美しく見えるように立派な木が中心に植えられている。

その桜の木は十月でも花をつけていた。満開とは呼べないが、全体の三割ほどに淡い桃色の花がついている。十月桜という春と秋に二度花をつける品種だそうだ。

私が新人として来た十数年前にはびっくりさせられたけれど、当時の教育係だった先輩がそう教えてくれた。たくさんの人が花をつけている姿を見られるように、という病院長の考えから十月桜が植えられているらしい。

だから毎年この時期にあの十月桜の木を見ると、自分が新人だった頃のことを少しだけ思い出してしまう。渡り廊下を通り抜ける、ほんの短い間だけ。

西棟の通用口から外に出て、一度病棟を見上げる。

入院している患者さんがいるかぎり、病院は二十四時間三百六十五日休むことなく稼働し続ける。私の仕事は終わったけれど、ここにはこれから働き始める人もいる。

私は明日もまた同じように働くために、今日のところは家路につくことにした。

＊＊＊

十月二十日、金曜日。

僕が配達用のカートを押すと、車輪がガラガラと音を立てて回る。

午後八時という、消灯時間の一時間前。

病院のバイトをしている僕が本格的に活動し始めるのは今からだ。

高校生の頃から僕は様々な場所でバイトを始めた。

短いところは一ヶ月、長くても半年。

合わないと感じたらすぐに辞められるのがバイトの良いところだと思う。

履歴書を書いたり、証明写真を撮るのは面倒くさいけど、気に入らない職場で我慢して働くよりかはマシだ。

そんな感じでバイトを転々としてきた僕が、この病院の売店で働くようになったのは今月からだった。ちょうど前にやっていた宅配のバイトを辞めて、退屈しのぎにバイト情報を集めていたときに、病院の売店での求人を見つけた。

家から近いこの病院の求人が目に留まったのは偶然でしかないのだけれど、不思議となにかに呼ばれているような気さえした。

そんな平凡な経緯で始めたバイトだけど、そんなに忙しくもないし一緒に働く人も良い人ばかりでありがたい。

病院の地下にある売店は、コンビニと比べると日用品が多い。

靴とか、シャンプーとか、スプーンとか。ティッシュやイヤホン、タオルなんかもある。雑誌やお菓子みたいな、広く需要のあるものも並んでいるけれど、多くは入院中に必要となるものだ。

お客さんで訪れるのはこれから入院する人と、今入院している人の関係者が多い。あとは病院関係者、つまりお医者さんや看護師さんもよく見かける。主に軽食やお菓子、他にはボールペンなどの事務用品を買いに来る印象だ。

僕の仕事は商品を陳列することと、レジを打って接客すること。あとはダンボールの上げ下ろしとか、カートの車輪の交換とか。他にも電球を替えたり、業務内容に書くほどでもない雑用が多い。

それと、病室への配達もやっている。新幹線の車内販売みたいに、商品をたくさん載せたカートをゴロゴロと押して、入院病棟を順番に回る仕事だ。

この病院は二棟に分かれているので、まず西棟からスタートして、それから一階の渡り廊下を使い、東棟を回るという順番だ。

生活用品を積んだカートは重くはないけれど、とにかくかさばる。カートが場所を取るので、エレベーターはかなりのスペースを専有してしまう。そのため患者さんのベッド移動がほぼない夜間に配達を行う。

ちなみに規則で看護師さんや患者さんと同乗してはいけない決まりになっている。他にエレベーターを待っている人がいたり、あとから現れたりしたら、さっと順番を譲る必要がある。

これを面倒くさくて嫌だと考えるか、エレベーターを長々と待ってるだけで時給が発生して嬉しいと考えるかは人による。ちなみに僕は後者なので、率先して配達を担当することにしていた。

実のところ、売店の配達サービスを利用する患者さんはあまり多くない。そのため一時間もあれば、多少エレベーターホールで足止めを食らったとしても余裕を持って配達を終えることができる。

今日も東棟の地下からスタートすると、まずは一階へ。渡り廊下を使って西棟へ向かい、ガラス張りのロビーを通過する。

日中なら外来の患者さんでごった返しているであろうロビーも、この時間だと誰もいない。ガラス越しに見える中庭も天気が良ければ綺麗なのだろうけど、夜闇の中ではぼんやりとした影にしか見えなかった。

ロビーを突っ切ったあとは、エレベーターを使って上から下まで、入院病棟を順番に回る。

それから同じ道を通って地下の売店へ戻ると、商品を補充してから東棟の上から下まで。どっちの棟から回ってもいいことになっているけれど、僕は利用者の少ない西棟を先に終わらせることにしている。

そうして配達の終盤にたどり着いた、東棟の四階。

個室ばかりあるこの緩和ケア病棟が、もっとも利用者の多い場所だ。

ここに立ち入るとき、僕はいつも少しだけ緊張する。

バイトとはいえ仕事中なんだから、常に緊張感を持てと言われたら、返す言葉もないんだけど。

「こんばんは、配達に来ました」

入院病棟の入り口にあるナースステーションに一応声をかける。夜なので声は小さめで。中にいる看護師さんも大抵は会釈を返してくれるだけだ。

注文書を見て、今日配達する部屋番号を確認する。

うちの売店ではリネンや入院着の洗濯サービスもやっていて、午前中に勤務している人が洗濯物を回収するついでに注文書を受け取ってくる。

僕の仕事はその注文書に書いてあるとおりの品物を届けるだけ、ではない。

実際に配達してみると、予定外の注文はある。

たとえばティッシュペーパーが多く必要になったとか、注文書を出したあとで歯ブラシが欲しくなったとか、他にも暇つぶしに使えるものはないかとか。

なのでカートはいつも注文されたものより多くの商品を運んでくる。

それでも対応しきれないことは多々あるけれど。

今日は最初に四〇九号室の扉をノックする。

ここの患者さんは、以前にも配達をしたことがある顔見知りだ。

「こんばんは、配達に来ました」

扉を開けてから、さっきと同じ挨拶をする。今度はさらに音量を控えめにしつつも、聞こえないと意味がないのではっきりと。ここが一番気をつかう。小学生の頃、放送委員だった経験は特に活かせていない。

眠っている患者さんや返事のできない患者さんもいるので、その場合はそっと商品だけを置いて去ることになっている。

「こんばんは。待ってたよ」

この部屋の患者さんはまだ起きていた。

部屋の電灯は消えているけれど、枕元の明かりがついている。ベッドの背も軽く起こされていて、こちらを見つめているのがわかった。

この病室にいるのは、四十代くらいの女性だ。表情が温和で、親しみやすい。

ただひどく痩せ細っていて、顔色も青白いので、実際よりも老けて見えている可能性はある。

　僕はこっそりとお客さんにあだ名をつけている。もちろん心の中だけでしか呼ばない。あだ名は大抵見た目の印象とか言動、あとは買うものの傾向からつけている。

　この人には読書家さん、とあだ名をつけていた。理由は単純で、生活必需品の他に本を注文されることが多いから。

　病室のテーブルには様々な大きさの本が平積みされている。今日もティッシュペーパーと一緒に、ファッション雑誌と推理小説を注文されていた。

「ありがとう。これ、前から読んでみたかったの」

　去年話題になった推理小説を手にして、読書家さんは嬉しそうな顔をしていた。

「仕事をしていた頃はなかなかゆっくり本を読む時間がなくてね。この歳になってからまた読書にハマってるの。こんなに本を読んだのは学生時代以来かな」

「前はどんな仕事をされていたんですか？」

「看護師。医者の不養生って表現はあるけど、看護師の場合はなんて言えばいいんだろう」

「どうなんですかね。うまい言葉はなさそうですけど」

　患者さんとの過度な接触は禁止されているけれど、ただ荷物を運んでさよならでは無愛想すぎる。

なので僕は世間話も楽しむタイプだ。これくらいなら問題にはならないと思う。

「あ、それ」

読書家さんは僕の運んできた配達用のカートを指差す。

「なにかご入用ですか？」

「ううん、花びらがついてるから」

言われてみると、カートの端にピンクの花弁がくっついていた。

「本当ですね。どこでついたんだろう」

「渡り廊下を通ったときじゃない？　中庭の桜がもう咲いてるのかも」

「十月に咲く桜なんてあるんですね」

配達では必ず渡り廊下を通るから、中庭を見る機会はある。でも外は暗いから中庭にどんな木が植えられているのかは全然知らなかった。

いや、単純に興味がないだけかもしれない。中庭に限らず、道端の草木を気にしたことがない。

読書家さんがあんまり熱心に桜の花びらを見つめているものだから、僕はそれをつまんでみた。

「良かったらどうぞ」

おどけて、おとぎ話のようにうやうやしく桜の花びらを差し出してみる。花束なら格好もつくけど、花びら一枚というところが笑いどころ。

だけど読書家さんは優しく微笑（ほほえ）んで「嬉しい」と受け取ってくれた。冗談を笑ってもらえないと、とても恥ずかしい。

熱心に花びらを見つめている読書家さんは幸せそうだから、僕の羞恥心なんてどうでもいいけど。

雑談もそこそこに、注文と配達に間違いがないかを手元で確認する。

「それじゃあまたお願いします」

「どうもありがとう」

お礼を言ってくれた読書家さんに一礼をして、再びカートを押して廊下に出る。

配達の仕事は基本的にこの繰り返しだ。難しいことはない。

ここには全部で十の病室がある。

その中には一つだけ他より広い有料の病室があって、一日一万円の追加料金がかかるそうだ。無料の病室が空いていないときに渋々利用する人が多いらしい。

これらの情報は、売店で働く大先輩である濱田さんが教えてくれた。

おしゃべり好きな濱田さんは、そのおかげか病院内のことにやたら詳しい。

部屋代から手術費用、医師や看護師のゴシップまで、なんでも知っている。特にお金の話が好きみたいだ。

お金の話で言えば、配達サービスには一回あたり三百円の手数料がかかる。高いとは言わないけれど、積み重なればバカにならない金額だ。

だから、基本的に買い物は患者さん自身や関係者が売店に出向くことが多い。でもここには、歩いて売店まで行くことができない患者さんも、身の回りの世話を焼いてくれる家族がいない人も当然いる。

主にそういう人に向けたサービスがこの配達だ。

しかしなんにでも例外はあって、自力で歩くことができるのに配達サービスを使う人もいる。

それがこの四一〇号室の男性患者だった。

年齢はおそらく三十代後半で、僕はこの人に男爵（だんしゃく）というあだ名をつけている。理由は気位が高い感じがするから。実際に爵位を持っている人と会ったことはないので、勝手なイメージなんだけど。

男爵をわかりやすく表現すると、やや面倒くさいタイプのお客さんだ。

「そこに置いておいてください」

僕が配達に向かうと男爵はベッドに横たわったまま、はっきりとそう指示した。

病室にはすでに物が大量に詰め込まれている。パソコン、ヘッドホンといった家電製品から、招き猫や木彫りの熊という値が張りそうな置物に、絵まで。

ほとんどのものが箱から出されることのないまま置かれている。

これはわざわざ売店で取り寄せたもので、大半は僕が運び込んだ。値段が高いものが多くてびっくりする。

今日配達に持ってきたのも、病室には似合わない大きなポスターだ。

印刷されているのは美術の教科書で見た、エッシャーのだまし絵である。このポスターも一枚で数万円もするらしい。もちろんこれも濱田さん情報。

売店の配達サービスを利用している患者さんの中では、男爵がもっとも羽振りがいい。あるいは金遣いが荒い。あだ名のとおり、貴族のような振る舞いだ。

僕は好奇心から男爵に尋ねてみた。

「ポスター、飾らなくていいんですか」

話しかけてくるとは思っていなかったのかもしれない。男爵は少し意外そうな顔をして、それから一度大きく息を吐いた。

バカな質問をするな、とでも言いたげな態度だ。ちょっと気に障る。

「飾ると邪魔でしょう。それに、そんな絵を四六時中じっと眺めていたら目が回ってしまいそうです」

「じゃあなんでこのポスターを買ったんですか？」

「高かったからです」

一言で説明が終わった、とばかりに男爵は口を閉じてしまった。しかし僕の困惑した表情を読み取ったのか、やや面倒くさそうに再び口を開いた。

「自分は天涯孤独の身で、誰にも財産を残す予定がありません。そもそも自分で稼いだ金なので、赤の他人には渡したくないし、国のものになるのも気に入らない。だから死ぬ前にできるだけ使おうと思ったんです」

「それならもっと生活に必要なものとか、前から欲しかったものを買ったりしないんですか？」

「自分には不必要なものが欲しくなったんですよ。こういう場所だと特にね」

僕にはやっぱりわからない理由だ。

だけど男爵はそれ以上説明する義理はないとでも言うように「またお願いします」と別れの挨拶を口にした。儀礼的にそう言われてしまえば、僕はもうここにいることはできない。挨拶を返して退出する。

男爵のことはよくわからないけれど、なんにしても変わり者であることは間違いないと思う。

大きなポスターがなくなって、いくらか動かしやすくなったカートを押してさらに隣の病室へ。四〇八号室には高齢の女性が入院している。

「こんばんは、配達に来ました」

「ああ、ご苦労さん」

自分の祖父母と同じか、もしかするとさらに年上じゃないかと思われる女性。この人には料理長というあだ名をつけている。若い頃からずっと夫婦でレストランを経営していた、と聞いてそう決めた。

「ご注文の品を持ってきたんですけど、今回もお孫さんに先を越されちゃったみたいですね」

料理長の病室には真新しいタオルと愛読書の女性誌がすでにある。今日注文されていた品と寸分違わず同じ商品だ。以前から何度もこういうことは起きている。

料理長のお孫さんがお見舞いのときに持ってきてくれているようだ。

「こっちのはキャンセルしておきましょうか？」

「それは申し訳ないから、ちゃんとお金は払うよ。タオルも雑誌も、ないと困るけど、多い分には困らないからね」

　同じ雑誌は二冊あっても困る気はするけれど、せっかくのご厚意なので甘えておくことにする。

　ただ、この無駄は気になる。

　無駄な買い物をしてお金を使い切りたいなんて考えるのは変わり者の男爵くらいだろう。大抵の人はお金に対してもっと切実だ。

「お孫さんが買ってきてくれるのなら、配達を頼むのはやめたほうがいいんじゃないですか」

「そう寂しいことを言わないでよ。たまには年寄りの話し相手になってくれてもいいじゃない」

「それは別に構わないんですけど、お金がもったいなくないですか」

「お金よりも、もっと大切なことがあるの」

　お金よりも大切なこと。

　たしかにいくつかはありそうだけど、とっさには思い浮かばない。

「孫には来ないように言ってるんだけど、どうも見舞いに来たがってね。お店がうまくいかないとかなんとか、泣き言を言いに来るのよ」

お店については前に話してくれたことがある。

料理長は若い頃からずっとレストランを経営していた。旦那さんに先立たれてからは、体調を崩すまで長年一人で店を切り盛りしていたらしい。

今はそのお店をお孫さんが継いでいるようなのだけれど、話を聞くかぎり心配事は尽きないようだ。

「あなた、いくつ？」

「もうすぐ二十歳になります」

「孫よりずっと若いのに、しっかりしてるのね。あの子、もう三十歳になるのに、いつまでも頼りなくてね」

料理長はため息をついた。病床の祖母のところに来て、相手の心配ではなく泣き言を口にするというのはたしかに不安になるだろう。

それでもお見舞いに来るだけ立派だと、僕なんかは思うけれど。

「本当は店なんて、どうなったっていいの。大事なのは自立すること」

「それが難しいんですけどね」

自立、というキーワードは僕もよく祖父母に言われるので耳が痛い。思わず苦笑いを浮かべてしまう。

「自立って別に一人で生きていけって言ってるわけじゃないのよ。家族以外の誰か他人と一緒に、助け合って生きていくことを自立っていうの。親や祖父母しか頼れないのはダメ」

「どうしてですか？」

「だって親はどうしたって、子どもより先に死ぬものだからね。ずっと一緒にはいてあげられない。それならせめて、自分が死んだあともあの子がちゃんと生きていけるように、保護者としては嫌われることも厳しいことも言わないといけないんだよ」

断固たる決意を感じさせる口調で料理長は言い切った。

料理長は相手のためにあえてお孫さんを遠ざけている。配達を頼むのがそのための手段だとすれば、手数料の三百円よりも大切なものは「お孫さんの今後」ということなのだろう。それはたしかに大切だ。

家族が大切だからこそ、距離を置く。その考えは理解できないわけじゃない。

だけど、なんだか難しい問題だ。

僕自身に置き換えて考えてみる。

自分が病気で入院して、余命幾ばくもない状態のとき、果たして家族に会いたいと思うだろうか。

真剣に考えようとすればするほど、現実感がなくて難航する。今のところはまだ、大きな病気にかかったこともなければ、入院したこともない。家族といっても、祖父母だけだ。両親はすでに他界している。

どちらかと言えば、僕の立場は料理長よりもそのお孫さんのほうに近いのだろう。もっとも僕の場合は、母親が入院しても熱心に見舞いに来るような、良い子どもではなかったんだけど。

「あの子が元気で長生きしてくれれば、それ以上は望まないんだけどね」

僕がカートから商品を下ろす間に、料理長は小さな声でつぶやく。

それはお孫さんに聞かせてあげられないのが残念なくらい愛情深い言葉だった。

夜十時過ぎ。

正面玄関はすっかり施錠されているため、僕は警備員さんに声をかけて通用口から病院の外へ出る。

今日の仕事は終わった。

ついでに言うと明日はシフトに入っていないので、次に病院を訪れるのは明後日(あさって)の日曜日ということになる。

バイトに来るのは週に三日から五日程度。試験やレポートで切羽詰まるとさらに減る。学業優先のシフトで働けるのも、このバイトのありがたいところだ。

帰り道、バイクにまたがる前にイヤホンをつけて音楽を流す。普段はヘッドホンを愛用しているが、ヘルメットをかぶる都合上、バイク移動中はワイヤレスイヤホンを使っている。

ブライアン・ジョーンズのギターが歌い出して、僕はハンドルを強く握る。

ロックバンド『ローリング・ストーンズ』はもちろん世代じゃない。だけど幼い頃、よく乗っていた祖父の車で浴びるほど聞いた音楽というのは、骨身にしみついて離れない。

夜道をバイクで走る。音量を小さくしているから、風の音まで聞こえた。

一つ目のサビが終わり、間奏に入る。

赤信号を待ちながら、ふと考える。

人生が音楽だとすれば、自分は今どのあたりを演奏している最中なのか。

そもそも曲によって、全体の時間は異なる。数十秒で終わる短い曲もあれば、クラシック音楽のように演奏開始から終了までに何時間とかかるものもある。

もうすぐ二十歳になる自分は今どれくらい演奏したことになるのだろうか。

サビを一回くらい過ぎたような気もするし、まだイントロが終わっていないような気もしている。

そういえば偉大なロックスターの多くは、二十七歳で死んでいるらしい。今、イヤホンの中で元気にギターを奏でているブライアン・ジョーンズも二十七歳で亡くなった。

僕はロックスターじゃないけれど、もし二十七歳で死ぬのなら自分の人生はもう終盤戦に突入している。

Aメロも Bメロも終わって、なんならラスサビに差し掛かっていてもおかしくない。そんな劇的なことは未だ(いま)になにも起きていないけれど。

僕はなんとなく生きている。

生きている間に成し遂げたい夢もなければ、責任を持って果たさなければならない使命もなく、長期的な目標もない。

僕が幼い頃に、父は交通事故で亡くなった。突然のことだった。

そのときまだ健康だった母は、僕を抱きしめながら「お父さんは天国に行ったんだよ」と言っていた。母の話によると天国というのはとても良いところで、痛いことも苦しいこともないらしい。

そう教えてくれた母も去年病気でさっさと天国へと旅立ってしまった。

父も母もいなくなって、僕だけがまだここにいる。

生きる意味、なんて考える気にもなれないけれど、自分だけが生きているとなんだか後ろめたい気持ちになる。

イヤホンから二曲目が流れ始め、信号が青に変わる。

なんらかの目的を持って生きることが歌の始まりだとすれば、僕の人生はまだ長いイントロの最中なのかもしれない。

＊＊＊

看護師の勤務形態は病院や病棟によって違うけれど、うちの緩和ケア病棟では二交代制を取っている。

つまり午前八時から午後五時までの日勤と、午後四時から翌九時までの夜勤。日勤と夜勤にはそれぞれの長所と短所があるため、一概にどちらが楽で、どちらが大変だとは言えない。

私の場合は日勤のほうが多いけれど、シフトによっては夜勤を行うこともある。

夜勤でも基本的にやること自体は日勤のときと変わらない。挨拶と配膳、そして介助だ。勤務時間が長くなることと、院内の明るさが大きく違う。

「これ、薬剤師の野間さんから」

看護師長の大竹さんはそう言って、飴の入った袋をテーブルに置いた。

休憩室は意外とお土産の集まりやすい場所だ。学会で各地を飛び回る医師は、各病棟にお土産を買ってきてくれることが多い。

特に緩和ケア病棟は様々な職種の人が集まる。私たち看護師と主治医はもちろん、薬剤師や臨床心理士、栄養士だけでなく、ソーシャルワーカーなど、病棟の外にいる人とも密接に情報を共有しなくてはならない。

とはいえ緩和ケア病棟以外での業務もある人ばかりなので、全員が一堂に会することはあまりない。

それでも忙しい合間を縫って、カンファレンスに参加したり、患者さんの様子を直接見に来てくれる人ばかりだ。

それは患者さんだけでなく、現場の看護師にとっても心強いことである。

「そうそう」

休憩中、大竹さんはいくらか打ち解けた口調で話しかけてきた。

「今度、新人看護師が研修に来ることになってるの。その教育係、お願いできる？」

「私がですか？」

「うん。倉田さんは仕事も丁寧だし、そろそろ任せたいなぁと思って。ね？」

正直、気が重い。自分の仕事を完璧だと思ったことも、人に教えられるほどの熟練者だと思えたこともなかった。

「人に教えるのは、自分にとってもいい勉強になるよ。これは私の体験談」

大竹さんはそう付け足して、優しく私の逃げ道を塞いだ。

にこやかで人当たりの良い人だけど、人を操る術に長けているというのが私の看護師長に対する印象だ。人を動かすときに命令ではなくお願いをし、さらに相手の退路をさりげなく塞ぐような話運びをする。完璧に。

もっとも、それくらいでないと人の上に立つような仕事はできないのだろう。

かつて私の教育係をつとめてくれた大竹さんを相手に、断りの文句を並べることはできなかった。

「わかりました。やってみます」

「ありがとう。二ヶ月だけだから、あまり気負いすぎずによろしくね。困ったことがあったら、私もフォローするから」

じゃあよろしく、と念を押してから看護師長は席を立った。私も休憩を終わらせて、立ち上がる。

するとで、カートを押している売店のスタッフと遭遇した。

噂の新しいバイトの子かと思ったけれど、今日配達に来ていたのは古参の濱田さんのようだ。

濱田さんは私に気づくと大きく手を振ってくれた。

「今日は濱田さんが配達してるんですね」

「新しい子はね、レポートがあるとかで休みなの。あれは今度も長続きしないかもしれないなぁ」

売店では大きな声で長話をする濱田さんだけど、さすがに病棟ではそれらも控えめだ。だけど話し好きの人懐っこい性格はここでも変わらない。

「そうそう、四〇三号室の橋爪さん。あの人、すごくお話し好きよね。ずいぶん野球の話を聞かされちゃった」

どうやら橋爪さんは配達に来た人にも饒舌に話しかけているようだ。

「あの人、きっと寂しいのね。あれだけ元気そうなら、自宅でご家族と一緒に過ごしたほうがきっといいのに。でも他人の家のことはわからないか」

しばらく話して満足した様子の濱田さんは「じゃあお疲れ様」とにこやかに去っていった。

私は橋爪さんのことを考える。

橋爪さんは私たちに家族のことを話さない。自宅で過ごしたい、とも言わない。家族に会いたいとも言わない。入院生活に満足していると受け取るべきか、それとも意図的に寂しさを隠しているのか、判断は難しい。

どのような場所で、どんな風に最期の瞬間を迎えたいのか。

その問いに対する答えは人によって異なる。

住み慣れた自宅で家族に囲まれていたいと思う人もいれば、反対に自分の弱った姿を親しい人には見られたくないという人もいる。

橋爪さんがいったいどちらを望んでいるのか。私たち、緩和ケアに携わる人間は常に考え続ける必要がある。

病院で行われる治療は基本的に完治をゴールにしているが、緩和ケア病棟は完治や根治を目指した治療は行わない。

だからこそ、ここでの治療に正解はない。常にその時点での最善を考える必要があり、それだけになにをするにも不安はつきまとう。

その後消灯の連絡をしに四〇三号室を訪れると、今日は野球中継がなかったのか、すでに橋爪さんは眠っていた。

テレビのついていない部屋は廊下と同じか、それ以上に静かで、耳が痛くなりそうだった。

余命宣告は目安でしかない。というのは、まだ新人だった頃に現在の看護師長である大竹さんから教わった言葉だ。

同じように大竹さんは死には予兆のようなものがあることも最初に教えてくれた。

ある日突然バタンと倒れるとか、最期に長々とした辞世の句を残すとか、そういうドラマチックなことはなくて、ここに入院している人はゆっくりと静かに、ここから旅立っていく。

眠っている時間が長くなり、はっきりと話すことができなくなって、そして意識が朦朧（もうろう）とする。呼吸の回数が減っていき、食事もしなくなり、人によっては「せん妄」と呼ばれる幻覚を見ることも増える。その段階に入ってから持ち直すことはほとんどない。

頻繁に受け持っていた三人の患者さんのうち、最初に予兆が現れたのは意外にも、もっとも元気そうな橋爪さんだった。

緩和ケア病棟に入院してから三週目。

あれだけ野球について熱く語っていた橋爪さんは、ほんの数日でみるみる悪化し、薬の量が増えていった。四六時中ついていたテレビも今は消えている。残された時間はあまりないことが感覚でわかる。

それでも家族も友人も、誰も橋爪さんの病室を訪れなかった。

私は今日も娘さんの電話番号に、病院の固定電話を使って発信する。

午前中から昼過ぎにかけて三回。しかし一度も電話はつながらなかった。

受話器を元に戻し、私はナースステーションをあとにする。

なにか事情があって電話に出られないのか、それとも他に理由があるのかはわからない。意図的に無視している可能性については考えたくなかった。

私は橋爪さんの病室に戻った。臨終が近い患者さんの様子は頻繁に見に来ることになっているし、そうでなくとも橋爪さんが心配だった。

目が覚めていたのか、橋爪さんは私の入室に反応した。まぶたが開かれたが、目の焦点は合っていない。誰が入室してきたのかはわかっていないのかもしれない。

「テレビをつけてくれないか」

息がまじり、滑舌がはっきりとしない言葉でも注意すれば聞き取れる。

「わかりました」

私はテレビをつけて、野球中継にチャンネルを合わせる。それからベッドの背もたれを少しだけ起こした。画面が見えるように、と思ってしたことだけど橋爪さんの目は明後日の方向を見つめたままだ。

野球中継の音が聞こえたのか、橋爪さんはわずかに口元を動かした。力は弱く、表情は明確にはならない。笑みを浮かべようとしたのか、苦しみに顔を歪(ゆが)めたのか、どちらとも取れた。

すうっと大きく息を吸い、橋爪さんはゆっくりまばたきをする。痰(たん)がからむような雑音が、呼吸をするたびに喉から聞こえる。

モニター類のない病室では、橋爪さん本人から発せられるサインだけがその人の状態を知るための手がかりだ。

モニター類があると、どうしても人はそちらに注意を払ってしまう。

看護師である私は特にそうだけれど、患者さんのご家族もそれは同じだ。

命の動向をわかりやすく示す数字が音とともに減少すれば、気になるのは仕方がない。だけどそのせいで、患者さんの表情や言葉を見落としてしまう危険性もある。

だからここの緩和ケア病棟では、病室にモニター類は置いていない。

患者さんと家族が最後に、お互いの目を見て、手で触れて、相手の生命を感じて過ごす。その妨げにならないように。

看護師もまた、そのようにして患者さんの様子を観察している。

橋爪さんの目には薄く涙がにじんでいた。

なにかを探すように指が動いたので、私はその手を握って尋ねた。冷たい手先をあたためるように、両手で優しく握る。

「なんでも言ってください。私はここにいますから」

橋爪さんの目が私の方に向けられた。

そして、誰かの名前を呼んだ。滑舌が甘く、声も小さかったが、それでも人の名前であるということは、かろうじてわかった。

もう一度、誰かの名前を呼んだ。

一度目も二度目も「ヨウコ」か「キョウコ」と呼んでいるようだ。

たしか、カルテで見た橋爪さんの娘さんは「鏡子」という名前だった。

「ごめんな。悪かった。許してくれ」

それから橋爪さんは何度も繰り返し謝罪の言葉を口にする。その視線は私を通して、別の誰かの姿を見ているようだった。

おそらく橋爪さんは娘さんを探している。

だけどここにいるのは私だけだ。

娘さんではない私には、橋爪さんの望みを叶えてあげることはできない。許してあげることもできないし、思い出話の一つもできない。

ここにいるのが本当に娘さんだったらどんなに良かっただろう。でも実際にはそうじゃなかったから。

「大丈夫ですよ、橋爪さん。娘さんもすぐにいらしてくれますから」

まだ連絡が取れていないため、娘さんがいつ駆けつけるかは予想できない。だけど私は嘘をついた。

「だからもう泣かないでください」

橋爪さんの目尻からは小さく細い涙が流れていた。大粒の涙にはならず、絶えずあふれ続けている。

不意に橋爪さんはふっと大きく息を吐いた。

どきりとして、手首の脈拍を確認する。弱いながらも脈があったので、今度は私が大きく息をつく番だった。

私は橋爪さんの手を放す前に目を閉じて祈る。

本物の娘さんが今すぐにでも現れてくれますように。

橋爪さんがまだここにいる間に、もう一度だけ会えますように。

けれどそれは叶わなかった。

一時間後、看護師長が橋爪さんの病室を訪れたとき。

すでに橋爪さんはここではない、どこか遠くへ旅立ってしまったあとだった。


患者さんが亡くなったときに、看護師がする最後の仕事はいくつかある。

そのうちの一つがエンゼルケアと呼ばれる、逝去後のケアだ。

死後硬直が始まる前に、身体を清めて整える。

それは感染症予防の意味もあるし、長い闘病で苦しんだ身体をせめて外見だけでも綺麗にするためでもあった。

「たくさん頑張りましたね」

私はもう返事をしてくれない橋爪さんへと声をかけながら、身体を順番に清めていく。ひげを剃り、点滴や人工呼吸器の跡を化粧で隠し、乱れた髪を整える。

「これからも、好きだった野球チームをたくさん応援してください」

この仕事をしている以上、これまでにも患者さんを看取った経験はたくさんある。だけどこればかりは何度経験しても慣れることはなかった。いつも喉の奥が焼けるような感覚を、飲み込んで耐える。

橋爪さんの娘さんがようやく現れたのは、それから三時間後の、夕暮れになってからだった。

特に急いだ様子もなく病室に現れた娘さんは「お世話になりました」と落ち着いた声で言った。

なぜもっと早く来てくれなかったのか、という言葉をどうにか飲み込む。

娘さんにも事情があったことが想像できないわけじゃない。それに、遺族を責めることは看護師の仕事ではない。

こういう場合、患者さんと家族のお別れの時間を邪魔しないよう、看護師は退出することになっている。そのため私はお辞儀をして、すみやかに病室を出ていくはずだった。

「あの」

娘さんは、出ていこうとした私を呼び止めた。

その視線はベッドに横たわった橋爪さんを見下ろしたままだ。

「父は、どんな様子でしたか」

感情の読み取れない、平坦な声だった。

涙に震えることもなく、動揺の色すら見当たらない。それがむしろ不自然に見えるくらい、娘さんは落ち着いていた。

「私が最後にお会いしたときは野球の試合を気にされていました」

「野球、ですか」

「はい。それと、ずっと謝っておられました。悪かったと。でもしばらくすると落ち着いたようで、穏やかに過ごされたと思います」

「父は誰に謝っていましたか？」

「ヨウコか、キョウコとおっしゃっていたと思うのですが、すみません、はっきりとは聞き取れませんでした」

「いえ、ありがとうございます。そうですか、父は謝っていましたか」

私の報告を聞き終えても、娘さんは父親を見下ろしたまま動かない。

「親の見舞いに来ないなんて、ひどい娘だと思っておられるんでしょうね」

私がその言葉に答えるより先に娘さんは話を続けた。

「でも父もそうだったんです。仕事仕事でロクに家にも帰ってこなくて、母が死にそうなときも仕事を優先しました。私は一人で母を看取ったんです。もう三十年以上前のことですけど」

娘さんの口調はまるで独り言のようで、私の反応を気にしている素振りはない。うつむいたまま、やや早口で打ち明けている。

「だから父が末期がんと知ったときに、同じことをしてやろうと決めたんです。家族に看取られることなく、独りで死ねばいいんだって。復讐（ふくしゅう）だったんです」

感情を押し殺して語るその姿は、まるで亡くなった父親に対して許しを乞うているようだった。

「野球は亡くなった母が好きだったんです。仕事人間だった父はずっと、野球に興味なんてありませんでした」

意外だ。

てっきり橋爪さんは昔から野球好きなのだとばかり思っていた。

そんな感情は表に出さず、ただ黙って娘さんの言葉に耳を傾ける。余計な相槌は望まれていないとわかっていた。

彼女はこの打ち明け話を私に聞いてほしいというわけではないのだろう。

でも、本当に聞いてほしい相手にはもう伝えることはできないから。

だから私はその代わりとして、せめて邪魔をせずに娘さんの言葉を受け止める。

「母が死んでから、父は家族をかえりみるようになりました。仕事も減らして、母が好きだった野球観戦にのめり込んで、私との時間を作ろうとしていました。でもそんなの遅いじゃないですか。家族が死んでから後悔したところで、全然意味がない」

それはまったく同じことをした自分に向けた言葉でもあるようだった。

「それができるなら、母が生きている間にもっと一緒にいてくれれば良かったのに」

おそらく橋爪さんは、母を亡くした娘さんのために変わったはずだ。それは娘さん本人もわかっているのだろう。

わかっていても許せなかった。

それはもうどうしようもないことだ。

「父が謝っていた相手、ヨウコなら母で、キョウコなら私の名前なんです。あの人はどっちに謝っていたと思いますか」

もしかしたらそれが知りたくて、娘さんはこの打ち明け話をしたのかもしれない。

私はわずかな時間で考える。

最善の返答はすでにない。

娘さんは橋爪さん本人と話し合う機会を永遠に失っている。橋爪さんが誰に、どんな気持ちで謝っていたのかを知るすべはもうない。

「橋爪さんは二度、名前を呼びました。だからきっと、お二人の名前を呼んでいたんだと私は思います」

私の出した最善とは言えない答えに、娘さんはようやく動いた。かがみ込み、両手で橋爪さんの手に触れて、小さな声で「お父さん」とつぶやく。その背中はかすかに震えていた。

私は今度こそお辞儀をして、病室をあとにする。

ようやく娘さんと会うことのできた橋爪さんが、幸せであることを願って。

やがて葬儀社の人が運転するリムジンに乗って、橋爪さんは娘さんと一緒にこの病院を出ていった。

私たち医療スタッフはその車が交差点の角を曲がるまで見送った。

十月の風は、冷たく足元を吹き抜ける。落ち葉が爪先に一度ぶつかってから、どこかへと飛ばされていった。プロ野球ではそろそろペナントレースの結果が出るそうだ。前に売店のスポーツ新聞でそんな見出しを見かけた。

きっと私はこれから野球のニュースに触れるたびに、橋爪さんのことを思い出すのだろう。

現実に奇跡は訪れない。病院の人間がどれだけ苦心しても、患者さん本人がどれだけ努力しても、どうにもならないことがある。

でもこの場所には、人にできる精一杯が詰まっている。

私もここで精一杯、働く。

これまでも、これからも。

＊＊＊

十月二十五日、水曜日。夜八時過ぎ。

僕が配達で東棟の四階を訪れると、病室の扉が一つ開けっぱなしになっていた。カートを押しながら、その部屋の前を通る。横目で確認したが、部屋の中に人の姿はなく、私物の類もすべて取り払われていた。

引っ越し直後のようなまっさらな部屋は、そこで暮らしていた誰かがいなくなったということでもある。

どんな風に病院を出たのか、僕は知らない。

家族と一緒に笑って退院したのか、それとも葬儀社の車で静かに出ていったのか。

この部屋の患者さんに会った記憶はないけれど、それでも少しだけ寂しさを感じてしまう。

いつものように廊下を進んでいくと、そこには見慣れない男性が立っていた。

服装からして、病院の職員ではない。

口元を真一文字に引き結び、眉間にシワを寄せた男性は四〇八号室の前に立っている。閉ざされた扉を一心に見つめるその姿から近寄りがたいものを感じて、僕は廊下の角に身を隠して様子をうかがう。

四〇八号室は料理長のいる部屋だ。ということはおそらく、あの男性が料理長のお孫さんなのだろう。年齢も聞いていた話と一致する。

ただならぬ雰囲気だ。

病棟は今日も普段と変わらずに静かだが、だからこそ胸騒ぎがする。

病室の扉が開いて、中から看護師さんが出てきた。その人は手に持っていたピンク色の時計を胸ポケットにさっとしまい、お孫さんらしき男性に声をかけた。

「どうされたんですか」

「やっぱりここでいいです。ばあちゃんはおれが来るのを望んでいなかったから。せめて最期くらいは心穏やかに。不出来な孫の顔なんて見ないほうがいいんです」

その声は隠しきれない感情の揺らぎを反映して震えていた。

最期、という表現に動悸が激しくなる。周りに聞こえてしまいそうな気がして、僕は手で自分の心臓を押さえる。そうせずにはいられなかった。

お孫さんは料理長のことを思いやって、最期に立ち会わないつもりだ。

だけど料理長は本当にそれを望んでいたのだろうか。あの人はずっとお孫さんを心配していた。

「そうですか」

看護師さんは病室に戻らず、お孫さんの隣に並んだ。

「――私は、言葉にしたことだけがその人の本心じゃないと思っています。表に出したこと、裏に秘めたこと、その両方を合わせないと」

静かに、しかしよく通る声で看護師さんはそうつぶやいた。

お孫さんは迷うように視線をさまよわせていたが、やがて答えを決めたようだ。

「ばあちゃん」

そう呼びかけながら病室に入ったお孫さんはベッドにすがりついた。

「おれ、これからもっと頑張るよ。ばあちゃんみたいに店を立派に守っていくから。だから、だから――」

言葉がいつも本心を表すわけではない、とさっき看護師さんは言っていた。

料理長が孫に厳しく当たり、お見舞いに来ないように言ったのは、彼を想ってのことだった。その言葉にはいくつかの嘘が含まれている。

そしてお孫さんが今伝えた言葉にも嘘がある。

本当は不安で、泣き言を口にしてしまいそうな気持ちを抑えて、料理長が安心できるような言葉だけを口にした。すべてが嘘や強がりというわけではないけれど、本心からの言葉とも言い切れない。

看護師さんが中に入り、病室の扉を閉める。廊下には再び静寂が訪れた。

僕も微力ながら扉越しに祈る。

料理長とお孫さんのお別れが、どうかうまくいきますように。

「なんていうか、すごかったです」

配達を終えた僕は、同じシフトに入っていた濱田さんを相手にさっき体験した、看護師さんのあざやかな説得について話した。

「看護師さんってあんな風に寄り添うんですね」

必要最低限の言葉と時間で、お孫さんの気持ちを解きほぐした。

どんな勉強とか経験をすれば、ああいったことができるようになるのだろう。漠然と生きてきた僕にはできないことだ。

「そりゃまぁ人によるだろうけどね。でも誰だろ。その人の特徴、覚えてないの？」

特徴と言われても、看護師さんはみんな同じような服装だしマスクをしている。あまり奇抜な髪色や髪型をしている人を見たことがない。

そうなると人を判別するような印象的な特徴って、なにかあるだろうか。

よく考えて、一つだけ思い出す。

「なんか変わった時計を持ってましたよ。紐のついたピンク色の懐中時計みたいなものを胸ポケットに入れてました」

「あー、ナースウォッチね。じゃあカナちゃんだ」

「今の情報だけでわかるんですか」

「看護師さんによってナースウォッチの付け方って違うんだよ。腰につけてる人もいるし、ピンで服に留めてる人もいるし。で、緩和ケア病棟でピンク色の時計を胸にしまってるのはカナちゃんだけだよ」

ならきっと、その人なんだろう。

濱田さんの推理が合っているのかどうかを判断することはできない。

「カナちゃんが日勤のときなら、仕事終わりは午後五時くらいだし。あの子、仕事帰りに売店に寄ることも多いから、ここで会えるかも。そしたら、君が出会った看護師さんとカナちゃんが同一人物かどうかわかるんじゃないかな」

午後五時は僕のバイトが始まる時間だ。早めに来て準備をすれば、もしかすると売店で偶然顔を合わせる機会もあるかもしれない。

また会えるなら、会いたいとは思ってしまう。

だけど、それを言葉にするのは気恥ずかしい。

「別にそこまでするつもりはないですよ。看護師さんという職業に感動したって話ですから」

そんな風に僕は濱田さんに小さな嘘をついた。

人を好きになるのに資格も免許も必要ない。

そんな薄っぺらなラブソングの歌詞みたいなことを、帰り道にバイクの上で考えてみる。

きっかけなんて些細なもので、世の中にはひと目見ただけで恋に落ちる人もいるというのだから、劇的な場面に遭遇して懸想するというのはまだ常識の範囲だと自己弁護をしてみる。

とはいえ。

とはいえ、だ。

人を好きになるのは誰にでもできることかもしれないが、そこから先のステップへ進むのには大きな隔たりがある。

誰かに好意を伝えるとなると、それには資格が必要なのではないかと思う。

少なくともまず自分のことを好きでないとダメだ。

恋愛でもそうでなくても、自分にある程度の価値があると信じることができていなければ他人を評価するなんてことはできない。うっかり嫌味や僻みっぽく聞こえたらどうしようとか、不安になるからだ。

僕はするするとバイクを滑らせ、家路をたどる。

耳元では今日もローリング・ストーンズが歌っている。

曲によって長さや曲調が違うように、人の生きてきた時間もまたテンポや長さは個人差がある。短い曲にも名曲はあるし、長い曲にも駄作はあるはずだ。

料理長は幸せだったのか、彼女とお孫さんは悔いなくお別れできたのか、そんなことを考えると、思い出すのはあの看護師さんの姿だ。

もしも。

もしも次にバイトへ行ったとき。

偶然またあの人と顔を合わせることがあったなら。

話しかけてみよう。

料理長のこと、そのお孫さんのこと、命との正しい別れ方について。

なんにしても、明日以降だ。今日じゃない。

信号が青になる。僕はバイクとともに前進する。

不意に、交差点を走り抜けようとする小さな影が見えた。猫だ。

このままだとぶつかってしまう。とっさにハンドルを倒した。急制動をかけられた車体は道を外れる。猫が路地に逃げていくのが見えて、僕は安心する。

そのとき、どこかで大きな音が聞こえた気がした。

二章　幽霊の咲く季節

看護師は個人ではなく集団で見られる仕事だと、かつて私は教わった。医師や病院の名前は患者さんの胸に刻まれる。もしかすると飲んだ薬剤や点滴の名称も記憶しているかもしれない。

けれど、看護師個人の名前を覚えて退院する人はほとんどいないだろう。主治医に比べると看護師は集団で患者さんに接するから、個人が目立つことはない。

だからこそ、自分の一挙手一投足は看護師という職業そのものへの信頼に関わってくる。

……なんてことから教えるべきなんだろうか。

「今日からお世話になります、瀧本です。二ヶ月という短い間ですが、どうかよろしくお願いします」

まだ二十代半ばの若い新人さんは、明るい挨拶とともにお辞儀をした。よろしくお願いします、と返事をしながら教育係としての自分がやるべきことを考える。

うちの病院では初年度の看護師はみな、様々な病棟を順に回ることになっている。さながら研修医の初期研修みたいなもので、内科も外科も関係なく、あらゆる現場で経験を積んでもらおうというのが病院長の方針だ。

看護師と一口に言っても、求められる役割は場所によって異なる。

外来の患者さんが多い場所と、入院患者さんが多い場所では積める経験も違うし、日勤か夜勤かでも変わってくる。幅広い現場で働くことで当人の適性や希望を把握し、それから配置しようということだ。

一つのところで研修するのは一ヶ月から二ヶ月程度。四月にこの病院で働き始めたのであれば、瀧本さんはすでに何箇所かで研修を終えている。看護師としての基本的なスキルは一通り身についているに違いない。挨拶の仕方だとか、体位変換の手順などを教える必要はないだろう。

なら私がここで教えるべきなのは、緩和ケア病棟ならではのこと。出勤から退勤までの具体的な仕事の手順を伝えることから始めてみよう。

というわけで、まずは挨拶回りから。

「新人さん？　はじめまして」

「はじめまして、瀧本です。よろしくお願いします」

有料個室の松本さんに対して、瀧本さんはやや緊張気味に挨拶をした。指先まで動きが硬い。

「あの、ドラマ観(み)てました。『昨日までは君がいた』が大好きです」

瀧本さんが緊張していたのは、緩和ケア病棟で接する初めての患者さんだからかと思ったけれど、どうやら違ったようだ。

松本さんは元女優なので、おそらくその出演作を話題にしているのだろう。

患者さんには、こういう世間話を好む人と好まない人で二分される。

特に著名人の場合は触れられたくない人も多い、ということを最初にちゃんと伝えておくべきだった。

「ありがとう。昔のドラマなのによく知ってるね」

「配信で見ました。今でも一番好きな恋愛ドラマです」

さいわい松本さんが好意的に受け止めてくれたようで、一応事なきを得る。誰かの看護を監督者の立場で見守るのは、自分が直接患者さんに接するときよりもよほど気をつかう。

人に教えることは私にとっても勉強になる、と言っていた看護師長の言葉を思い出す。あれは方便ではなく、事実だったと早速思い知らされていた。

「おはよう、虎太郎くん。はじめまして」

四〇六号室の虎太郎くんは、瀧本さんの挨拶に対しても反応しなかった。

といっても、今日は意図的なものではない。昨夜から熱が下がらないせいだ。

「体温を測らせてね」

やるべきことはすでに伝えてあるので必要以上に手は出さずに、瀧本さんの仕事ぶりを見守る。声掛けもしているし、動きにも淀(よど)みはない。

ただ表情には問題があった。

「ごめんね、ちょっと触るね」

そう言う瀧本さんの表情は暗い。そこには同情や沈痛がにじんでしまっている。

これはどう伝えるべきか、と私は思案に暮れた。

「私、どうでしたか」

お昼休憩のさい、瀧本さんは率直にそう尋ねてきた。

こういうとき、まずは褒めるべきなのか、単刀直入に気になる点を指摘するべきなのか。

瀧本さんが新人であると同時に、私もまた教育係としては新人だ。手探りで学んでいかなくてはならない。おそらく看護師長の大竹さんはそういう効果を期待して、私に教育係を任せたのだろう。

「悪いところはなかったと思います」

「あ、私後輩なんで。仕事中はともかく休憩中は敬語なしで大丈夫です」

敬語のほうがむしろ話しやすいのだけれど、相手が気にするのであれば対応しなくてはならない。

「点滴の交換も、患者さんの介助も、声掛けも、適切だったよ」

「ありがとうございます」

さっきまで緊張した面持ちだった瀧本さんは、私の言葉でぱっと笑顔になる。このわかりやすい反応に、私は自宅にいる愛犬のことを思い出した。

ゴールデンレトリバーのロコ。

褒めてやるとわかりやすくしっぽを振り、いたずらを叱ると露骨にしゅんとして見せるロコ。

思い出すだけで笑顔になれるくらい、かわいいやつだ。今はもうすっかり高齢で、眠っている時間が長くなったけど愛嬌があるところは変わらない。

「ただ」

可愛げのあるわかりやすさは美徳だけど、同時に仕事上の欠点にはなる。

ロコは犬だからいいけれど、瀧本さんは看護師だから許されないこともある。

「考えていることがすぐに表情に出るのは良くないんじゃないかな」

「それ、前にも指摘されたことがあるんです」

瀧本さんは自分の表情筋を手で押さえると、わかりやすくがくりと肩を落とした。

「表情が変わらないように努力してるんですけど、どうしても無表情って難しくて」

「無表情も良くないよ。怖い印象を患者さんに与えちゃうから」

「わかってます。できるだけにこやかに、ですよね」

「そうじゃなくて、特別な表情を作る必要はないんだよ。普段通りに、親しい人と接するときみたいにしていれば大丈夫だから」

あからさまな笑顔も時に人を不安にさせる。だから凝った表情をわざわざ作る必要はない。ただ自然に、落ち着いて接すればいい。

恐れや不安をもっとも感じているのは患者さん本人だ。看護師がそれを助長させるような立ち居振る舞いをしてはならない。

「気をつけます」

返事はまっすぐで気持ちのいいものだったけれど、瀧本さんの表情と声には隠しきれない不安がにじんでいる。

初日に厳しいことを言いすぎただろうか。

まだ加減がわからないが、注意ばかりも良くない気がする。

「と言っても、急にはできないよね」

「そうなんですよ」

私が態度を軟化させたことがよほど嬉しかったのか、瀧本さんは飛びつくように返事をした。

「なんていうか、病院って実際に働いてみると思ってたのと違うっていうか」

言いづらそうに瀧本さんは口を開く。

「看護師に限らず病院で働く人のやりがいって、やっぱり患者さんが元気になった姿を見届けることだと思うんですよ。でも実際の病院って、そういうことを期待してばかりじゃダメなんですよね」

病院は万能ではない。

元気になる患者さんのほうが多いけれど、中には鬼籍に入ってしまう人もいる。そして医学の進歩によって亡くなる人が少なくなることはあっても、ゼロになることはない。

これまでも、これからも、病院という場所と人の死は分けることのできない密接な関係にある。生きることと死ぬことが不可分なのと同じだ。

「ここに来るまで一ヶ月間、ひとつ上のフロアで研修を受けてたんですよ。リハビリ病棟なんですけど、そこには慢性期の患者さんも結構いて」

慢性期医療とは急性期医療が終了してもすぐに回復を望めない、ある種病状が安定している人の治療を行うことだ。

高齢者や、他にも交通事故や脳梗塞などによって遷延性意識障害、わかりやすく言えば長期間意識の戻らない患者さんが入院対象となる。

リハビリ病棟ではそういった人たちの関節や筋肉が硬直してしまわないように、全身のストレッチをする。治癒が難しい患者さんが多く入院しているため、健康に退院する姿を見ることを期待していたのなら、それは叶いにくい場所だ。

同様に、この緩和ケア病棟も完治や根治によって晴れやかに退院する人はいない。時折病状が良くなり通院治療に切り替える人や、在宅看護を望んで退院する人を見送ることもあるが、それも瀧本さんの理想とは違うだろう。

「だからなんか、よくわからなくなってきて。先輩は、仕事のやりがいみたいなものをどこで感じてるんですか？」

「それは――考えたことないなぁ」

瀧本さんの言いたいことはわかるけれど、共感はできなかった。

なぜ緩和ケア病棟で働いているのか、と訊かれれば「それが仕事だから」と答えるだけだ。

今も昔も、仕事にやりがいを求めたことがない。

けどそれは私がそういうだけで、仕事にやりがいや目的意識を持つことをないがしろにするつもりはない。

「でもやりがいなんて、他人のものが参考になるわけじゃないよ」

そういうものは意識して持つこともできないだろうし、誰かから与えられるようなものでもない気がした。

「働きながら、ゆっくり探せばいいんじゃないかな。必要ならきっと見つかるよ」

「そうですね。焦らないことにします」

私の考えた精一杯の言葉は、ちゃんと届いたようだ。

「そういえば、倉田先輩のお昼ごはんってそれだけですか」

「そうだよ。どこか変？」

瀧本さんは自分のカップラーメンと、私の手元にあるバナナを見比べて言った。

「変じゃないですけど、少食ですよね。仕事中にお腹が空いたりしないんですか？」

「あんまり。最近は歳のせいか、たくさん食べられないいんだよね」

「なんでも年齢を理由にするのは良くないんじゃないですか。調子が悪いなら、一度きちんと診てもらったほうがいいと思います。医者の不養生って言いますし」

「私は医者じゃないんだけどね」

明るく、気さくで、お話し好き。それでいて仕事はできる。

もちろん課題がないわけではないけれど、瀧本さんは悪い子ではなさそうだった。

＊＊＊

夜の病院でバイトをしている、と僕が話したとき、友人たちが口にする言葉にはある程度の傾向がある。

よく言われる言葉ランキングの第二位が「オバケとか出ないの？」だった。

ちなみに第一位は「お医者さんや看護師さんと付き合えたりするの？」である。これに関する答えははっきりノーで、同じ建物で働いている以上の接点はない。世間話すらしたことがないので、交友関係を結ぶなんて無理だ。

一方、オバケの有無についてははっきりと否定はできない。僕は見たことはないけれど、働き始めて一ヶ月そこそこの体験談では根拠として薄すぎる。

そもそもオバケの不在証明というのは、白いカラスがいないのを証明しろ、という悪魔の証明と同じだ。雑談なので、そんな証明は向こうも求めてないだろうけど。

夜の院内を闊歩（かつぽ）するとなれば、人のいない長い廊下を一人で歩くこともある。自分の足音と車輪の音しかしない時間は、怖いかと問われれば怖い。足元の非常灯しか明かりのない長い廊下なんて、これまでホラー映画でしか見たことがなかった。

だけどホラー映画と決定的に違う点が一つあって、それは働いている人が普通にいるということだ。

ここは廃病院ではないので、当然入院している患者さんがいて、そこに対応するために働いている人がいる。二十四時間、病人がいるかぎり医療従事者もいる。

いかに恐ろしいゾンビやオバケであっても、晴天の下ではイマイチ怖くない。それと同じで、暗くて長い廊下も同じ建物で誰かが働いていると思えば怖くない。

今日も配達用のカートを押しながら東棟の四階へたどり着く。そろそろ見慣れてきた緩和ケア病棟の前で、ふと足が止まった。

エレベーターホールからすぐのところに休憩スペースがある。主にお見舞いに来た人が利用する場所で、自動販売機のおかげで夜でもそこだけひときわ明るい。

僕が前を通りかかるのは夜なので、この場所を利用している人は今まで見たことがなかった。ましてやソファに人が座っていることなんてない。

でも今日はそこに人がいた。

学校の制服を着た女の子だ。ソファに腰掛けて、つまらなそうに足をぶらぶらとさせている。手には缶コーヒーを持っていた。

怖くはない。

怖くはないけど、不気味な光景だった。

夜の病院に制服姿の少女が一人でいるというのは、和製ホラー映画じみている。もしかして幽霊とか、そういうなにかなのか。ありえない、と思うと同時に、ここはやっぱり夜の病院なんだから幽霊が出てもおかしくない、とも思う。

近づくことをためらっていると、女の子が顔を上げた。僕の視線に気づいたのか、目が合う。

「こ、こんばんは」

とりあえず先んじて挨拶をしてみる。

「こんばんは」

すると女の子もやや戸惑いながら、軽く頭を下げてくれた。そしてすぐにふっと表情を崩す。

「オバケかと思いました」

「僕も」

まったく同じことを思っていた。

でもどうやら普通の人みたいだ。オバケや妖怪の類ではない。そりゃそうか。

見るからに年下の女の子は、しかし僕よりもずっと落ち着いていた。

「お互いに勘違いでしたね。さっきまで幽霊の噂話をしてたから、ついついそういうのが見えたのかと思っちゃいました」

「噂話って、そういうのがあるの？」

「お兄さん、ここで働いている看護師さん……じゃなさそうですね」

僕が売店のエプロンを身に着けていることに今気づいたようだ。

「さっき看護師さんから聞いたんです。オバケが出るって噂が昔からあるって。私、そういうの昔から見えるタイプだから、気になっちゃって」

僕は今までに一度も幽霊を見たことがない。そしてここにそんな噂話があることも知らなかった。ベテランの濱田さんあたりなら詳しそうな気もするけど、僕が怖がると思ってあえて話さなかったのかもしれない。

「ちなみに幽霊の噂ってどんなの？」

「知らない間に患者さんの荷物が整理されていた、とか。別々の部屋の患者さんが同じ幽霊の話をする、とか。男の人の幽霊らしいんですけど、なんかそんな感じです」

「怖い話ではなさそうだね」

「みたいです。座敷わらしみたいな、見つけたらラッキーなタイプのオバケなのかもしれません」

しかし冷静になると、やっぱり夜に一人で女の子がいるのは不自然なことのような気がする。相手が幽霊じゃないのなら、なおさら変だ。

「ところで、ここでなにをしてるの？」

「泊まりで家族のお見舞いに来たんです。今はちょっと、息抜きっていうか」

そういえば緩和ケア病棟では家族が病室に泊まることができる、と聞いたことがある。さすがに体験したことはないけれど。

「床で雑魚寝なんで、お泊まり会というよりかは修学旅行みたいなんですけど」

「楽しそうだね」

「まぁ、はい」

僕の相槌に、女の子は困ったように曖昧な笑みを浮かべた。言葉を選ぶように爪先に視線を落とす。

その靴がローファーだったので、僕は彼女にローファーさんというあだ名をつけることにした。

「幸せな家族なんですよ」

言葉とは真逆の、沈んだ表情でローファーさんは話し始めた。

「妹の病気がわかって、その治療のために一致団結して。手術や放射線治療がうまくいくたびに喜んで、再発がわかるとみんなで落ち込んで」

がんの治療は一筋縄ではいかない。それは僕も知識として知っていた。

「それで、いよいよもう治らないとなると、今度はそれからの方針で揉めて、でも結局は仲直りして、これからは家族で限られた時間を精一杯楽しく過ごそうって」

「いい家族だね」

「でもお見舞いのために毎日病院に通ってるんですよ。わざわざ何時間もかけて。家の近くだと、妹の入院できる施設がないとかで」

「それが嫌なの？」

「嫌っていうか、私は来年の今頃には受験で、そのためには今からきちんと勉強しないといけなくて、でもお見舞いに来ないわけにはいかないし、だけど妹のせいで進路も限られて、それで……」

どんどん早口になっていたローファーさんはそこで、ふと我に返ったように顔を上げた。

「こんな話、いきなりされても迷惑ですよね」

「そんなことないよ。嫌じゃなかったら聞かせてほしい」

「親切なオバケなんですね」

「いや、オバケじゃないし」

ただのアルバイト、と言いかけてそれはそれでどうなんだと気づく。ここで道草を食うことは、仕事をサボっていることになる。それは相手に気をつかわせてしまいそうだ。

「バイトの休憩時間なんだ」

と、嘘をついておく。配達用のカートは廊下に寄せてあるから邪魔にならないし、消灯時間の午後九時まではまだ余裕がある。ここで多少時間を使っても巻き返せる。

胸の内に淀んでいる気持ちを吐き出せる機会というのは貴重だ。

家族にも友人にも話せないことが、無関係の他人になら話せるということもあるはずだから。

「まぁ気にせず話してよ。袖触れ合うも他生の縁って言うし」

そして大抵のことは、一人で抱え込んでいるよりも吐き出したほうがいい。

お節介な僕の申し出に、ローファーさんは苦笑いを浮かべながら言った。

「大した話じゃないんですけど……お金、かかるんですよ」

「医療費のこと？」

「そのあたりは助成金とか、保険とか、三割負担とかでどうにかなってるみたいなんですけど、こういうお見舞いのための移動費とか滞在費とかあるじゃないですか。あとやっぱり時間も使うことになるし」

「あー、そうだよね」

「妹の治療にお金と時間がかかったから、私はもしかしたら大学に進学できないかもしれないって親に言われちゃったんですよね。でもそれで両親に怒るのも、妹に当たるのも、なんか違うじゃないですか。だからといって納得もできなくて」

それで家族の顔を見ているのが嫌になった。病室を出て一人の時間を確保していたのはそういう理由だったようだ。

ようやく不自然な状況に納得がいった。

「私、薄情なのかもしれません。妹が助からないって言われたときよりも、自分が大学に行けないって言われたときのほうがショックでした」

「そういうこともあるんじゃないかな」

我が身がかわいいのは、別に悪いことじゃないと思う。

誰にだって大なり小なりそういう感情はある。

でも胸の内でならどんな感情を抱いても構わないだろう。どんな規則や規律も人の頭の中までは縛れない。

「なんかお兄さん、すごく話しやすいですね。まるで独り言をしゃべってるみたいで、人と話している気がしません」

「ありがとう」

褒められているのかは怪しいけれど、お礼を言っておく。そうすれば褒められたことにできる。

「こちらこそ、ありがとうございます。少し気分が楽になりました。せっかくだから愚痴ついでに、すごく嫌なことを言ってもいいですか？」

「いいよ。なんでも聞く」

「ここだけの話にしてくださいね」

念押しをして、ローファーさんはきつく目を閉じる。何度か深呼吸をして、それから再び目を開いた。

「緩和ケア病棟って、意味あるんですか？」

ローファーさんはそうつぶやいたが、すぐにはっとして口をつぐんでしまう。

「続けて。大丈夫、僕以外は誰も聞いてないから」

実際、廊下には誰の気配もない。それこそ幽霊の気配すらも。

やがてゆっくりと、吐き出すように話し始める。

ローファーさんは迷うように言葉にならない声を何度か唇から漏らすだけだった。

「病気を治せないのに入院とか、治らない人に薬を使うとか、色々なものがもったいないと思うんです」

これが彼女の中に沈殿しているものか。

最初は落ち着いて話そうとしていたようだけれど、話しているうちに言葉のペースが上がっていった。坂道を転がり落ちていくみたいに、彼女の声は勢いがついて止まらなくなっていく。

「お金も薬も病院も、無限にあるわけでも、余ってるわけでもないですよね。それなのに、貴重なものを治らない患者に使うのは無駄じゃないですか」

だって、とうめいてローファーさんは一度言葉を切った。

最後の一言だけはどうにかして飲み込もうとしたのかもしれない。

だけど結局それは口からこぼれてきた。

「――どうせ死んじゃうのに」

思いの丈をすべて吐き出したはずなのに、ローファーさんはあまり晴れやかな表情をしていなかった。それどころかとても具合の悪そうな顔をしている。それはまるで、自分の口から出た言葉の醜悪さに怯えているみたいだった。

「言いたいことはわかるよ」

ローファーさんは何一つ悪くない。不満を漏らしたくもなるだろう。

「でもね、無駄じゃないんだ」

そう答えてから、僕は反論を考える。なんとなくローファーさんのほうも、反論してもらうためにこんなことを話したような気がした。

「整理すると、君はもうすぐ病気で死ぬかもしれない人よりもこれからも生きていく人のほうが価値があると考えてるわけだよね」

「ストレートに表現していいならそういうことです」

「どうして？」

「そりゃ長生きするほうが、シンプルに時間があるじゃないですか。身動きが取れない人よりも、未来のある人を大切にしたほうが合理的だと思います」

長生きしたってロクなことにならない場合もなくはないと思う。

神童も二十歳過ぎればただの人って言葉もある。

老いさらばえて悲惨な人生を歩む元スターの話なんて枚挙にいとまがない。

でも、そんなことを説明するのは多分間違いだ。

長生きすれば良い方向に進むと信じている年下の子に、悪い方向に進む可能性を示すことが年長者の正しい姿とは思えない。

となると、話はやや強引に展開する必要がある。

「うーんとね、じゃあ君はどれくらい速く走れる？」

「いきなりなんの話ですか」

「人間の価値なんて、いったい誰がどんな基準で測るのか、みたいな話をこれからしようと思ってる」

長生きする人間が、短命な人間よりも優れていることは否定できない。

みっともなくても、格好悪くても、少しでも長生きしてほしい。

それが両親に早々と先立たれた僕の実感だ。僕は父にも母にも、もっと長生きしてほしかった。今でもやっぱりそう思う。

もちろん父と母はそれぞれ交通事故と病気という覆せない理由のある死だったから、

誰にもどうすることもできなかったんだけど。

　だからこれは、どうにもならない僕の願望だ。

「僕はこう見えて大学生をしている。つまり試験を突破する能力ではある程度優れているわけだよ。でも音楽は全然ダメでね。音痴だし、楽器もできない。大学受験に歌唱力という項目があれば、僕は受かってなかっただろう」

「はぁ、そうですか」

　だからなんだというのだろう。

　ローファーさんがそう言いたいのは態度から伝わってくる。自分の考えをうまく言葉にできないのがもどかしい。

「だから病気でもうすぐ死ぬ人には、長生きする人と比べて価値がない、って判断するのはちょっと早計だと思うんだよね。彼ら彼女たちには、生存能力以外のところで君が望む優れた力があるかもしれない」

「そういうものですか」

「うん、疑うなら試してみればいいよ。絵がものすごく上手な人、歌がとても上手な人、観察力がずば抜けている人、きっと色んな人がいるからさ」

　ちなみに僕の父親は写真を撮るのがうまかった。

首から下げた大きなカメラで、家族の写真を撮ってくれた記憶がある。その写真に写る僕や母はいつも笑っていた。

父の写真は見るだけで過去にタイムスリップできるような力があって、大切な瞬間を眩しいまま残す能力のある人だった。

母親は仕事方面で輝かしい功績を残している。僕は詳しくないけれど、世間の人がそれを記憶してくれているはずだ。

「だからまずは相手を知るところから始めてみるといいんじゃないかな。手始めに妹さんをよく観察してごらん。きっと尊敬できる部分や感心するところ、生きていてほしいと思えるような美点が見つかるはずだから」

「もしなかったら？」

「そのときはお詫びにジュースでも奢るよ」

「安くないですか？」

「苦学生なんだ」

「なら仕方ないですね。わかりました。確かめてきます」

空になった缶をゴミ箱に捨てて、ローファーさんは意を決したように立ち上がる。

「じゃあまた」

そう言って、病室の方へと戻っていくローファーさんを僕は見送った。その背中が見えなくなってから、僕はこっそりと頭を抱えた。

下手な説明だったなぁ、と自己嫌悪に陥る。

ふと思い出したのは、料理長の病室の前で見かけたお孫さんと看護師さんのやりとりだった。

あのときの看護師さんは短い言葉で的確に伝えたいことを伝えていた。

ああいう風になれたらいいな、と僕はあらためて思った。

＊＊＊

「この病院、幽霊出るって本当ですか？」

夜勤の休憩時間中に、新人の瀧本さんは青い顔をして言った。

どうも夜勤が始まった頃から様子がおかしいと思っていたけれど、まさかそんな理由だとは想像もしていなかったので、つい笑ってしまいそうになる。

「昨日、患者さんのご家族がそんな話をしてるのを偶然聞いちゃって」

「なんでもすぐ信じるのは良くないよ」

「私もそう思って、色んな人に確認したんです。あ、もちろん仕事中にじゃないですよ。こういう休憩時間とか、勤務が終わってから、この病院で前から働いてる人に幽霊について訊いてみたんです。最初は売店の濱田さんに」

「ああ、たしかに詳しそうだね」

私が知っている中では一番の事情通だ。噂について尋ねるならうってつけの相手だと思う。

「濱田さんによると、男の人の幽霊が出るらしいんですよ。正体は昔この緩和ケア病棟に入院していた人で、奇跡的に完全寛解して退院した患者さんの霊なんですって」

「治った人なのに、化けて出るの？」

「だから、その幽霊が見えると具合が良くなるらしいんですよ」

「でも治ったなら生きてるんだよね、その人」

「多分。あ、その後老衰で亡くなったとか？　もしくは生霊なのかも」

「そういうオバケもいるんだね」

なんとなく幽霊というのは怨念や恨みを抱えて出てくるイメージだった。

でも私が知る限り、緩和ケア病棟に入院した患者さんで完全寛解した事例は聞いたことがない。

病状が良くなって退院する人はたまにいるけど、がんが消えたわけではないから、噂はあくまで噂ということだろう。

「見かけるといいことがあるなら、幽霊がいても怖くないいんじゃないの？」

「それが、野間さんから聞いたのはまた別の幽霊の話なんですよ」

薬剤師の野間さんにも幽霊について尋ねていたようだ。あの人は冗談が好きなので、多分面白半分のような気もする。

「ここに入院してた患者さんっていうのは同じなんですけど、女性の幽霊で、入院しているときに忽然(こつぜん)といなくなったらしいんです」

「患者さんが急にいなくなったら大騒ぎだね」

「その人は幽霊になった今も病棟をさまよっていて、同じように病院にいる人を知らないどこかに連れて行ってしまうらしくて」

普通の怪談だ。

多分、野間さんとしては本気にするとは思わずに話したのだろうけど、瀧本さんは本当のことだと思っている。

「あとは高橋先生も前に幽霊を見たことがあるそうで」

まさか主治医までこの話に参加していたとは。

「それは子どもの幽霊で、特になにか悪さをするわけではなかったそうです。自分が死んだことをまだわかってない幽霊なんじゃないかって」

「ずいぶんたくさんいるみたいだね」

病棟に出没する幽霊の話は、私が働き始めた十数年前から繰り返し囁かれてきた。でもその度に噂の内容は違っていて、しばらくすると立ち消えになる。だから今まで本気にしたことがなかった。

「面白そうな話をしてるね」

そこに現れたのは看護師長の大竹さんだった。

「あ、すいません。こんな不謹慎な話、良くないですよね」

「休憩時間の雑談にまで目くじらを立てたりしないよ」

バツが悪そうな瀧本さんに、大竹さんは優しく微笑んだ。

「幽霊の噂は色々あるけれど、元になっているのは一人の患者さんでね。そこから時間が経つにつれて、あれこれ派生していったんだよ」

看護師長まで幽霊話に参加するとは。これもまさかの事態だ。

瀧本さんはすっかり興味を惹かれたようで、身を乗り出している。

「看護師長、ご存知なんですか？」

「うん。私がまだ新人だった頃に入院していた患者さんのことだから、もうどれくらい前になるのかな。高校生の男の子が入院していてね」

窓際に寄りかかった大竹さんはゆっくりと話し始める。

それは瀧本さんだけでなく、それなりに長く勤めている私も初めて聞く話だった。

「その子は医者になりたい、ってよく言ってた。自分と同じ病気で苦しむ子が少しでも減るようにって。ここに入院してからも病室で勉強していた。でも結局亡くなってしまったの」

瀧本さんは目をうるませて言葉を失っている。大竹さんの穏やかな語り口にあっという間に感情移入してしまったようだ。

「あそこの木、見える？」

大竹さんは窓の外を指差す。瀧本さんが窓のそばへと近づいていった。そこから見える景色を知っているけれど、私もそれに続く。

夜の暗さでわかりにくいが、そこからは中庭が見えた。

病院関係者や見舞い客が利用できる中庭には、数本の桜の木が植えられている。

病棟の窓から漏れる明かりで、かすかに木の存在はわかるが昼間と違ってはっきりとは見えない。

「あの木はその子のご家族が寄贈してくださった木でね、時々季節外れに花をつけるの。少しだけね。そういうときはあの子がここに戻ってきて、お医者さんのように患者さんを見守ってくれている、そう噂されるようになったのよ」

「じゃあ今も咲いてるんですか？」

「うん。明るいときに見てみて。まだ十月なのに、桜の花が咲いているから。いわゆる狂い咲きってやつね」

「そうなんですね」

桜の木に秘められた物語に魅了されたように、瀧本さんはじっくりと窓の外を見つめていた。

「さて、じゃあ休憩は終わり。見回り、行ってきてくれる？」

「はい。幽霊の子に負けないくらい、私も頑張ります」

ナースステーションを出ていく瀧本さんの表情は、先ほどより明るく、声にも力が満ちていた。

私は瀧本さんを追いかける前に、窓際の大竹さんに尋ねる。

「今の話、どこまで本当なんですか？」

私の質問に、大竹さんは口元だけで笑顔を作ってみせた。

とてもじゃないけれど、さっきの話が本当だとは思えない。

「そもそもあの木、十月桜でしたよね」

ソメイヨシノなど一般に「桜」と言って想像される品種は春に咲く。それが虫や天候の影響で秋や冬に一部咲いてしまう現象を狂い咲きと呼ぶのは事実だ。

だけど病院にあるのは十月桜と呼ばれる品種で、元々一年に二度咲く。全体の一部が秋から冬にかけて咲き、残りは春に花開くようになっている。

つまり、幽霊が現れた冬にだけ季節外れの花が咲く、というのは真実ではない。

幽霊にまつわる噂話の、少なくとも一部は創作ということだ。

なぜそうしたのか、というのは大竹さんの目的から逆算すればわかる。瀧本さんのモチベーションを損なわないためだろう。

「やっぱり、倉田さんにはバレちゃうよね」

大竹さんはにこやかに嘘を認めた。

「でもまぁ、大目に見てよ。人はたまに幽霊を必要とするものだからさ。こういう場所だと特に」

そう言って微笑むだけで、大竹さんはそれ以上は説明しなかった。

私は瀧本さんを追うためにナースステーションを出る。そのときふと人の気配を感じて振り返った。

病棟の入り口、その透明な扉の向こうに男の子が立っている。高校生くらいだろうか。首に大きなヘッドホンをかけている。うつむいている彼は暗い表情をしていた。

「倉田先輩」

瀧本さんの声が聞こえて、私はそちらを向く。見回りの準備を終え、ナースワゴンを押した瀧本さんがそこにいた。

「どうかしたんですか？」

「うん、お見舞いのご家族が」

と説明しながら入り口に視線を戻す。面会は就寝時間の午後九時まで可能なので、今はまだ受付時間だ。手続きが必要になるかもしれない。

けれど、再び振り返るとすでに男の子はいなくなっていた。

見舞いに来たのなら姿を隠す理由はない。見間違いとも思えない。

それなのに男の子は消えていた。

まるで幽霊みたいに。

「先輩？」

「ううん、なんでもない。行こうか」

案外幽霊の噂話を真に受けているのは、自分も同じなのかもしれない。

そうなるとさっきの大竹さんの言葉が気になった。

――人は時に幽霊を必要とする。

あの言葉にはどういう意味があったのだろう。機会があればまた尋ねてみよう。

＊＊＊

「妹に特別な才能なんてなかったですよ」

夜の病院で、ローファーさんは出会い頭にそんな結果を伝えてきた。

病棟入り口近くにある自動販売機の前で、ローファーさんは今日もソファに腰掛けている。初めて出会った日とまったく同じシチュエーションだけど、今回は僕のことを待ち受けていたようだ。

「すぐにはわからないと思うけど」

前回話してからまだ二日しか経っていない。どんなものでもこの短期間で結論を出すのはせっかちすぎる。

「ならどれくらい時間をかければいいんですか？　一週間ですか、一ヶ月ですか」

「結論を急ぐね。具体的には、妹さんとどんな風に過ごしたの？」

「いつもより具合が良さそうだったので、オセロをしました。あとはトランプとか。どれも私が家族の中で一位でしたけど。クリスマスに向けてリースも作りました」

「そう。退屈はしなかったなら、十分じゃないのかな」

「え。もしかして、そんなことのためにあんな長話をしたんですか？」

「長話って言い方はちょっと傷つくなぁ」

あの日、緩和ケア病棟はなぜ必要なのか、とローファーさんは僕に訊いてきた。

だから僕は病気で亡くなる人にも、薬や病院というリソースをつぎ込むだけの価値があるはずだ、と答えた。

でもあれは、その場で思いついた理屈でしかない。ローファーさんが妹の病室に戻るきっかけを作れたら十分だと思っていたから、そういう風に話を持っていった。

ちゃんと反論するのなら、話は変わってくる。

「本当のことを言うとさ、他の人よりも優れた価値なんて、なくてもいいと思うんだよね」

僕はあらためてローファーさんの疑問に答える。

「あらゆる分野で他者を圧倒するやつなんて、一人もいないんだから。勝ち組負け組に分類するなら、人は誰しも等しく負け組なんだよ。どこかしらの分野でね」

一流のスポーツ選手だって、音痴かもしれない。歌がうまくても料理ができないかもしれないし、人付き合いが下手かもしれない。いくつかの分野をまたいで活躍する人もいるかもしれないが、一切の苦手分野がない人は存在しない。

それなら一部分だけを切り取って、勝ちだ負けだと騒ぐほうがバカバカしい。

全員等しく負け。

社会で生きているかぎり、僕らはみんな負けっぱなしだ。

「そこは普通、みんな勝ち組だって言うべきだと思うんですけど」

言われてみればそうかもしれない。

でもそれはなんだか綺麗事に聞こえて、現実味がない。多少ネガティブなくらいのほうが説得力をもつだろう。

ローファーさんの指摘を笑ってごまかし、僕は結論に入る。

「がんなんてさ、いつ誰がなってもおかしくない病気なんだよ。今は健康な僕や君が、明日にはがんになっているかもしれない。そう思ったらさ、がんになっても安心できるような、そういう環境がどこかにある社会のほうが嬉しくない？」

人は自分が殺されたくないから、他人を殺してはならないという法律を作った。自分のものを盗まれたくないから、窃盗を犯罪にした。

大抵の犯罪というのは原則的に「自分がされたくないことを、他人にもしないようにしよう」という教えの延長線上にあるのではないか。そんな話を大学で友人と話したことがある。

利己的な人間は利他的にならざるをえない。

自分の利益を追求するなら、自分以外を大事にしないわけにはいかない。

なんて、ややこしくて自分でも理解できていない話をローファーさんに直接するわけにはいかないので、できるかぎり噛み砕いたつもりだ。

「治るならそれが一番いい。でもさ、そうはならないんだよ。だったらせめて苦痛を和らげてくれる場所があるほうが安心できるよね。緩和ケア病棟にはそういう価値があるって話で、前回の質問に対する答えとしてはどうかな」

どうして助かる見込みのない人に治療を施すのか。

遠回りをしたかもしれないけれど、自分なりの答えは出せたと思う。

ローファーさんは納得したのかどうか、実に微妙な表情で眉を動かしていたけれど、やがてぽつりとつぶやいた。

「私、結構ひどいこと言いましたよね」

ローファーさんはどうやら以前の発言を後悔しているようだ。

たしかに、かなり過激なことを口にしていた気がする。聞いていたのが僕だけで本当に良かった。

「うん。でも君は悪くない。妹さんだって、悪くない。君の両親もそうだ。誰も悪くなくて、みんなが精一杯やっても、それでもどうにもならないことがある。本当ならみんな治って、元気に長く暮らせれば一番いいんだけどね」

僕はまったく立派な人間ではない。

誰かを救うことも、病気を治すことも、困っている人に手を差し伸べることも満足にできない矮小(わいしょう)な人間だ。

だから、こんな下手な慰めを言うのが精一杯で、それすらうまく届いたのかもわからない。

交通事故で若くして死んだ父が生きていたら。

去年病気で他界した母がまだ生きていたら。

時々そんな風に思うけれど、現実にはどうしようもない。

せめてこの子と妹さんが、少しでも良い時間を共有することができればいい。

この会話がその手助けになってくれたらいいな、と願うことしかできなかった。

＊＊＊

十一月十七日の午後。

私は主治医の高橋先生とともに、面談室にいた。これから患者さんのご家族との面談を行うためだ。

本来、看護師長の大竹さんが面談を請け負うことが多いのだけれど、今日のように休みの日は私が代わりをつとめている。

そのため新人の瀧本さんには、一人で病室を回ってもらっていた。

瀧本さんが緩和ケア病棟に来て、およそ半月が経つ。そろそろ緩和ケア病棟の業務にも慣れてきたはずなので、ちょうど良い機会だ。

今日の面談は四〇六号室の虎太郎くんについて。

私と高橋先生は面談に向けて準備をしてきたが、それだけでうまくいくとは限らないのが面談の難しいところだ。

特に今日の場合は、すでに頓挫しかかっている。

テーブルを挟んだ向かい側の席にいるのは虎太郎くんの父親一人だけで、母親は来ていない。

こちらとしては両親揃っているほうが望ましく、特に今回は母親と話し合っておきたかったのだけれど、やはり難しいようだ。

「すいません、妻は都合がつかなくて」

虎太郎くんの父親はそう詫びたが、来ることはないとわかっていたと思う。

虎太郎くんの母親は入院に対して、当初から否定的だった。

ここで息子が死んでいくのを黙って見ているわけにはいかない。

虎太郎くんの母親が言ったその言葉を、私は今でもよく覚えている。まるで投げ捨てるような言い方だった。

緩和ケア病棟に対する認識は、私が働き始めた頃に比べるとずいぶん良くなった。昔は一度入院したら二度と出られないとか、患者を見殺しにする施設だとか、虎太郎くんの母親が口にしたのと似たようなことを日常的に言われたものだ。

今でも時折そういうことを言う患者さんやそのご家族もいるけれど、かなり減っている。

それでも、ここが死と密接に関係のある場所なのは変わらない。

忌避感を抱く人がいるのも自然なことではある。

「虎太郎くんの病室に食品を持ち込まれていますね」

挨拶もそこそこに、主治医の高橋先生は固い口調で本題に入った。

「当院の決まりでは、こういうことはご遠慮いただいています」

事の発端は、ゴミ箱の中から見慣れない食品のパッケージが見つかったことだ。

うちの病院は自由診療や民間療法に対して寛容なほうだと思う。けれど、食品や薬品の持ち込みに対しては当然厳しく禁じている。患者さんの栄養面に関しては詳細に記録しているため、こういうことが起こると治療に差し障る。

「申し訳ありませんでした」

虎太郎くんの父親は反論も弁解もせず、即座に頭を下げた。

だけどこの人が持ち込んだわけではないことはわかっている。わかっているが、こちらの立場として言っておかねばならないことがある。

「当院に入院していただくかぎりは、決まりについてもご理解いただかなくては困ります。ご家族で十分な意思疎通ができていないようであれば、今後の治療方針についても見直したほうが良いかもしれません」

高橋先生は淡々とそう伝えた。

婉曲表現を排除すると「同じようなことが続くなら病室を空けてもらう」という意味だ。

冷たい言い方になるけれど、緩和ケア病棟を必要としている人はたくさんいる。緩和ケア病棟に入院したくない人を、入院させたくない家族を、わざわざ説得してまで入院してもらうつもりはない。

資源も時間も有限だ。

それを本当に必要としている人に行き渡らせるには、こういう厳しい対応も必要になる。

「失礼します」

そのとき、入り口から新人の瀧本さんが入ってきた。

「倉田先輩、少しいいですか？」

なにか手を貸してほしいことがあるようだ。表情に切実なものを感じる。

私は高橋先生に目で確認を取る。すぐにうなずいてくれたので、虎太郎くんのお父さんに離席の挨拶をしてから面談室を出る。

「どうしたの？」

「とりあえず四〇六号室に。こういうとき、どうしたらいいかわからなくて」

瀧本さんは明らかにうろたえていた。説明をしてもらうのは、現場を見てからでもいいだろう。

四〇六号室、そこは虎太郎くんの病室だ。扉をノックして中に入る。

するとそこには女性がいた。

大きなかばんから、缶詰やペットボトルを取り出している最中のようだ。私を見る目には敵意がギラついている。

この人とは以前にも一度、顔を合わせたことがある。

彼女は虎太郎くんのお母さんだ。

ナースステーションからなんの連絡もない、ということは正規の手続きを踏まずに病室へ入っているのだろう。入り口とナースステーションの距離は近いけど、詰めている人数はそれほど多くない。連絡なしで病室に忍び込むのは簡単だ。

おそらく病室で鉢合わせになり、困った瀧本さんは私を呼びに来たのだろう。

「こんにちは」

私は手始めに挨拶をしてみた。

「今、ご主人が面談室にいらしてます。良かったらご一緒に虎太郎くんのケアについて、ご相談させてください」

「いえ、結構です」

ぽんと突き放すような言葉で、交渉は失敗に終わった。

その声には隠しきれない怒りの感情がにじみ出ている。

「ケアなんて綺麗な言葉を使ったところで、結局治せないのなら意味なんてないじゃないですか」

ベッドの虎太郎くんは眠っている。

この会話を聞かせずに済むのは安心だ。

「あの人は結局、虎太郎のことを軽く考えてるってことですよね。そもそもあの子のことを真剣に考えていたら、こんなところに入院させたりしないでしょう」

虎太郎くんの母親はあくまで落ち着いた口調だったけれど、そこには確実に怒りの感情が込められていた。

「治療をしない医者や病院に意味なんてありません」

「治療をしないわけではありませんよ。苦痛を取り除いて、穏やかに暮らせるような手助けを行う場所です」

「あの人も同じようなことを言ってました」

夫婦間に根深い溝があるようだ。

旦那さんのことを「あの人」と呼んだり、夫と表現しないあたりに、あまり良い感情を持っていない様子が表れている。

「医者がもう助からないって言ったから。そんな理由で、簡単に家族の命を諦められるものなんですか」

一人の医師の意見だけで決めず、他の医療機関を受診することは間違っていない。けれど、数人の医師や病院が同じ結論に至ったのであれば、それが覆ることはまずない。

それに、諦める、という表現には抵抗がある。だけどそこを訂正したところで話の風向きが変わることはなさそうだ。

暖房がきいているはずの部屋は、冷たい空気で張り詰めていた。

隣にいる瀧本さんの視線を感じる。

新人看護師から見た今の現場は、やはり理想から遠く映るのだろう。

患者に死が迫っているという事実は、家族の精神を大きく乱す。

だからこういった言動に対しても、感情的にならず、あくまで穏やかに話を続ける必要がある。少なくとも看護師の仕事はそういうものだ。

「あらゆる可能性を探ってみれば、この世界にはまだ認知されていない医療があるはずなんですよ」

　私はちらりと視線をかばんに向ける。

　そこから取り出された無地のダンボール箱にはきっと、効果が証明されていないけれど病気に効くとされるなにかが入っているのだろう。

「うさんくさいとお思いなんでしょうね」

　投げやりな口調で、虎太郎くんの母親は言った。

　その視線は私ではなく瀧本さんに向けられていた。どうやら彼女はまた感情が表情に出てしまっていたようだ。一朝一夕には直せないだろうから、これも仕方ない。

「でも、現代医療だけが正しいって考えるほうが危険だと思いませんか？　様々な可能性を探るのがそんなに悪いことですか？」

「いえ、悪いことだとは思いません」

　瀧本さんの代わりに、私が返事をする。

　虎太郎くんのお母さんが間違っているとは言えない。

　ただしルールはある。入院しているかぎりはそのルールに則った形で過ごしてもらいたい、というのが病院側の意見だ。

「そうですよね。私、間違ってないですよね」

と、私が注意する暇もなく、虎太郎くんの母親は続ける。

自分の意見を否定されなかったことが嬉しかったのか、表情はやや明るくなった。

「なのにあの人も、虎太郎もわかってくれなくて。だから私一人で、全国各地の有識者のセミナーに通ったり、効果があるものを買いに行ったり、本当に大変で」

少しずつ言葉に熱がこもり、興奮していくのがわかる。語気を荒らげるようなことはしないけれど、それでも怒りが伝わってくる話し方だった。

そうか、この人はずっと怒ってるんだな、と今さらのように私は気づく。

先ほど面談室で顔を合わせた虎太郎くんの父親は、家族の病気を前に疲れ果てていた。一方で、母親は怒っている。

その感情は間違っていない。この人の愛情も、怒りも、何一つ間違ったものではないはずだ。

それなのに、なにも解決しない。

虎太郎くんの痛みも取り除けない。

家族間の意思疎通さえうまくいかない。

なによりこの人自身が、抱えている怒りと悲しみを払拭することができていない。

「私だって民間療法を全肯定しているわけじゃありません。でも試さずに、ただあの子が弱っていくのを見ていることもできません。これって変ですか？」

「いいえ、お気持ちはわかります」

「――愛する家族に少しでも長く生きていてほしいと望むのは、そんなに無茶な願いなんでしょうか」

それはあまりにも無防備な、それだけに切実な言葉だった。

「いいえ」

その点は家族で共通しているはずだ。けれど、それだけではうまくいかない。同じ気持ちを持っていても、方法が共通するとは限らないから。

そのとき、ベッドの虎太郎くんが身じろぎをした。話し声で目を覚ましてしまったのか、と思ったがうなされているようだ。眠りは深く、ただ苦しげに顔をしかめている。

私たちが動くよりも先に、虎太郎くんの母親は荷物からすっと離れた。そうして、ベッドのそばで背中を曲げると、眠っている我が子の頭を愛おしそうになでた。

「大丈夫。お母さんがいるから。きっと、なんとかしてあげるから」

優しい手つきでなでられた虎太郎くんは、ふぅっと深い息を吐く。まるでその手から伝わるなにかが、虎太郎くんの熱を和らげたかのようだった。

「小さい頃、虎太郎は獣医さんになりたいと言ったんです」

いくらか落ち着きを取り戻した様子で、虎太郎くんの母親はそう語り始めた。

「だから私いつも、この子に厳しく接してきたんですよ。夢を一度口にしたからには、それを叶えるための努力を惜しむなって。それ以外の優先順位が低いものは切り捨てる覚悟が必要だって」

それが正しいのか、間違っているのかを決めるのは未来なんだと思う。

成功すれば苦労した過去は肯定的に受け止められるし、そうでなければ過去は後悔の温床になる。

「遊びに行くのは大人になってからでもできるから。お菓子もゲームも、成功してから買えばいいから、今は努力しなさいって言いました。でも虎太郎はこのままだと大人になる前に死んでしまいます。それは、どうしても受け入れられません」

誰だって漠然と将来のことを考えて生きている。少なくとも自分や家族には明日も明後日もその先もあるんだと思って、夜は眠る。

でもそうじゃないとしたら。

自分や大切な人に、もう来年や明日が来ないのだとしたら。

そんな不安の中で生きるのは、本人だけではなくその周りの人にもつらいことだ。

「ちゃんと、その気持ちを虎太郎くんに話したほうがいいんじゃないですか」

それまで黙っていた瀧本さんが不意にそう声をかけた。

「家族のことなら、みんなで一緒に決めたほうがいいと思います。たとえ意見がまとまらなかったとしても、ちゃんと話し合えたってだけで、それはもう一つの成果じゃないですか」

多分それは繰り返しやってきたことだ。それでもまだ同じことをやれ、と瀧本さんは言っているのだろう。

諦めず、根気強く。

そう遠くない日に訪れる、最後の夜までに。

虎太郎くんの母親は反論しなかった。ただこっちをじっと見つめてくる。その表情から感情は読み取れない。この人の中では怒りと悲しみが常にせめぎ合っていることしか、わからなかった。

私はこの人に伝えるべきことを考える。

「お母さんと虎太郎くんにとって、一番良いケアを一緒に考えさせてください。お力になれることもあるはずですから」

必要なのは、私たちが敵ではないとわかってもらうことだ。

「そのためにも、以後口に入れるものに関しては事前に相談してください」

虎太郎くんのお母さんはしばらく視線を足元に落として黙っていた。

けれど、やがて「わかりました」と素直な返事をすると、一礼してから病室を出ていった。

あまりにもあっけなく去っていったので、私と瀧本さんは呆然としてしまう。

「ごめんなさい。私、余計なことを言いましたよね」

「ううん。言葉にしないといけないっていうのは、本当だから」

この場で言えることはすべて虎太郎くんの母親に伝えた。状況が改善するかどうかはまだ五分五分だけれど、きっと大丈夫だと思う。

虎太郎くんに触れる優しい手つきを見れば、きっと理解は得られると信じることができた。

＊＊＊

それからも僕はバイトに行くと、ローファーさんと頻繁に顔を合わせた。

彼女はいつも自動販売機の前で僕を待ち受けていて、その日家族とどんな風に過ごしたかを報告してくる。

内容は、外出の許可が出たから一緒に水族館へ行ったとか、最近は妹のオセロが上達してきたとか、そういう話。僕は不真面目なアルバイターなので、ローファーさんが納得するまで話に付き合うことが多かった。

そんな日々がどれくらい続いただろうか。

なんだかローファーさんと会って話すことも、アルバイトの一環のような気がしてきた、十一月の下旬。

その日のローファーさんは普段と様子が違った。

自動販売機の前に座ってはいるけれど、表情は暗く沈んでいる。近寄りがたい雰囲気に思わず足が止まってしまうほどだった。

その様子を見ただけで、なにがあったのかおおよその想像がついてしまう。

ここが病院で、彼女の妹が入院していることを合わせて考えると、誰にでもわかる簡単なことだ。だけど、どんな風に声をかければいいのかはわからない。

少なくとも、立ち止まったままではどうにもならないだろう。

意を決して前へ踏み出す。

僕の存在に気づくと、ローファーさんは顔を上げて、小さな声で言った。

「今日、妹が死にました」

それは消えてしまいそうなくらい弱々しい声だった。

いくら余命を宣告されても、どれだけ予兆があっても、やっぱり死は唐突だ。身近な誰かが生きていることに、人はすぐに慣れてしまうから。

だから誰かが亡くなったときにはいつも、唐突であっけなく感じられる。

「そう、なんだ」

なんと言えばいいのかわからないまま返事をした。頭の中で最良の言葉を探すけれど、どれも安っぽくて口にはできない。

「私、自分のことばっかりで、妹に優しくできませんでした。ずっと、あの子のことを疎ましく思ってました。最後まで良い姉にはなれませんでした」

こんなに傷ついた人を見るのはいつ以来になるのか。

ローファーさんは唇をかみしめて、それでも涙一つこぼすことなく、自分のことを責めている。

僕はどうすることもできずに立ち尽くす。

下手な言葉で慰めると、ローファーさんに気をつかわせてしまうかもしれない。

かといって、黙ったままでいると彼女の言葉を肯定してしまうことになる。

「アカネちゃん」

僕が答えに窮していたそのとき、病棟から看護師さんが現れた。

ローファーさんが顔を上げたので、アカネちゃんというのが彼女の名前なのだとすぐにわかる。

「カナさん」

どうやら二人は面識があるようだ。

妹が入院していたのなら、そこにいる看護師さんと面識があっても不思議じゃないが、顔見知りというだけでなく親しい間柄のようだ。

それよりなにより、僕はその看護師さんがあのピンクの時計を持った看護師さんであることに驚いていた。思わず数歩後ずさる。

「隣座ってもいいかな」

看護師のカナさんが話しかけると、ローファーさんは黙ってうなずいた。

隣に腰掛けたカナさんは、なにか声をかけることもなく、ただじっと待っている。

僕は呼吸さえ忘れて、その光景を見ていた。

「私、その……後悔、してます。こんなことになる前にもっと、妹になにかしてあげられたんじゃないかって」

やがてローファーさんはぽつぽつと話し始めた。

「でも、こんな風にいなくなるなんて思ってなかったから。最後に会ったときも手加減なしのオセロでこてんぱんにして、褒めてやることも、優しくもしなかった。これまで一度も、姉らしいこともしてあげられなくて……」

そこまで言って、ローファーさんは黙ってしまう。

「生き物が家族になるのに大切なのは、なんだと思う？」

うつむいてしまったローファーさんに向かって、カナさんは唐突にそう言った。

「実は食事なんだって。赤ん坊は食べ物を与えてくれる相手を親として愛するし、食べ物を与えることで親はその相手を愛する。そこに血縁だとか、遺伝子だとか、種族だって関係ない」

つまり、とカナさんは続ける。

「生き物は、なにかを分け与えることで愛することを知るんだよ」

そう言ったカナさんはポケットから出した飴玉をローファーさんに差し出した。

「あなたはここへ来て、妹さんと一緒に時間を過ごした。食事も、遊びも、それ以外にも色んなものを共有した。十分たくさんのものを分け合ったんじゃないかな」

カナさんの声は優しく、あたりを包み込むようだった。

「大丈夫。あなたは、ちゃんとお姉ちゃんだったよ」

そうカナさんが話を締めくくる頃にはもうローファーさんは泣いていた。

でもそれを隠すみたいに声を殺して、顔を伏せていたから、僕はなにも見ていないふりをして、その場を離れた。

配達は多少遅らせてもいい。

今はあの二人の邪魔をしたくなかった。

暗闇に向かって僕は廊下を静かに進んでいく。

自分の存在がそこに溶け込んで、誰にも気づかれないように。

＊＊＊

「命の値段っていくらだと思う？」

虎太郎くんがそう尋ねてきたのは、虎太郎くんの母親が病室を訪れた数日後のことだった。

熱に浮かされている時間が長いものの、薬剤師さんの尽力もあって一日のうちに何時間かは穏やかに過ごせるようになった。

　そういうとき、虎太郎くんは決まって答えに困るような質問をしてきた。

「テレビとか見てるとさ、募金のＣＭが流れるでしょ。何十円とか数百円で、どこかの国の貧しい子どもが病気にならずに済むとか、栄養失調にならないとか、そういうやつ。見たことある？」

「うん。実際に募金の呼びかけをしてるのも見たことあるよ」

　点滴の交換をしながら、私は返事をする。

　今日は瀧本さんが休みの日なので、久しぶりに一人で業務を行っていた。

「あれってさ、数百円とかの募金で命を買ってるみたいだと思わない？」

「うーん、どうかな」

　お金を用いて医薬品や食料品を買い、命を救う。その行為を「命を買う」と表現するのはあまり適当じゃない気がする。それなら衣食住すべて「命を買う」行為だ。でもせっかく虎太郎くんが話しかけてくれているのだから遮ったりはできない。頭ごなしに否定するなんてもってのほかだ。

　なのでとりあえず話の成り行きを見守ることにする。

「募金には種類があってさ。難病の手術をするための募金とかもあるんだよ。おれよりもずっと小さな子どものために、何千万とか何億とかいうお金が集められてる」

「それも命を買うことになるの？」

「おれにはそう見える。数百円で救える命と何億円も集めないと救えない命、どっちもお金で買ってるけど、その値段はずいぶん違うよね」

無邪気に話をする虎太郎くんは、いつもより幼く感じられた。今日は体調だけでなく、機嫌も良いのかもしれない。

「もしも何千万円、何億円という募金によって自分が救われたんだって将来その子が知ったらさ。それってやっぱり嬉しいのかな。それともつらいと思うのかな」

「たくさんの人の善意で助けられたんだから、嬉しいんじゃないかな」

「でも金額が大きいよ。借金みたいな気分になりそうじゃない？　おれなら、安いお金で救われたほうが、気兼ねなく生きていけそうな気がするけど」

「どっちだったとしても、人の役に立とうってモチベーションになりそうだね」

「ナースさんは前向きだね」

小学生の男の子に呆れられていた。

もちろん私だって虎太郎くんの言いたいことがわからないわけじゃない。彼が、自分の入院にかかっているお金のことを気にしていて、この話をしているということも想像がついていた。

「おれは返せないよ。恩も、お金も、一円だって返せない」

聞こえないくらい小さな声で虎太郎くんはそうつぶやいた。

自分に使ってもらったお金を重荷に感じている。

家族が愛情をお金に代えて注げば注ぐほど、なにも返せていない自分が不甲斐なく思えてしまうのだろう。

ここ数日、虎太郎くんのご両親を面会でよく見かけるようになった。

きついことを言っていた虎太郎くんのお母さんもすっかりおとなしくなって、病室に置かれていた謎の水が入ったダンボール箱の数も減っていた。家族で話し合ったさいに、虎太郎くんが「いらない」と言ったそうだ。以前はそれでも持ち込んでいたものを控えるようになったのは、関係が変化している証拠だろう。

虎太郎くんのご両親は彼に歩み寄ろうとしている。

その気持ちが嬉しいからこそ、戸惑っているのだろう。

私はベッドのそばにかがむと、虎太郎くんに話しかける。

「なにかの価値や値段ってさ、人や状況によって大きく変わるんだよ」

どんな話をすれば虎太郎くんの気持ちを楽にできるのか。それはわからない。でもただの雑談に終わらせるにはもったいない機会だ。

看護師は患者さんやご家族の意見や主張に対してあまり口を挟まないほうがいい、というのが私の考えだ。

だけど、それが絶対に正しいことだと信じているわけではない。

時には先日の瀧本さんのように、自分の気持ちや考えを包み隠さず伝えることが、状況を好転させる場合もある。

だから私はできるかぎりの言葉で、そっと虎太郎くんの近くへと踏み込んでみる。

「どんなに価値のあるものでも、いらない人にはいらない。傑作の小説や漫画だって本を読まない人にはタダでもいらないし、有名なシェフが作った星がたくさんつく高級料理も、お腹いっぱいのときはいらないでしょ？」

普段はしない話のせいで、話していてたとえが適切なのかどうか不安になる。それでもどうにか伝わってほしい。その感情だけで、私は話を続ける。

「命の値段も同じでさ、きっと代価を払ってでも、誰かに生きていてほしいと願ってくれる人がいたから、その人は生きていられるんだと私は思うよ」

「でもそんな金額に見合うような命じゃなかったら？　募金で助けられた子がどうしようもない犯罪者になったり、事故とかであっさり死んじゃったら？　お金を払った人は、それでもいいわけ？」

「きっとそれでも、生きてほしいと思うんじゃないかな」

「生きるのってそんなに価値があることなの?」

「わからない。でもこうして虎太郎くんとおしゃべりして、笑ったり、泣いたりするのは、すごく価値のあることだよ。私にとってもそうなんだから、あなたのお父さんとお母さんにとっては、もっともっとかけがえのない時間なんだと思う」

ふと見ると虎太郎くんの拳がぎゅっと握られていた。なにかに耐えるように。あるいは、なにかを恐れるみたいに。

私はそこにできるだけ優しく手を重ねる。

「ねぇ。生きていてほしいと誰かが願ってくれているなら、それだけでまだ生きていたいと思えたりしないかな」

虎太郎くんはこれまでに度々「死にたい」と口にしていた。その気持ちが少しでも和らぐことを願って、私は最後にそう付け足した。

「そういうの、やっぱり重いよ」

震える声でそう言うと、虎太郎くんは顔をそむけてしまった。

でもきっと私の言葉は届いたのだと思って、辛抱強く待った。

やがて振り返った虎太郎くんの目には、強い決意の色が見て取れた。

「だからおれは返すよ。最後の夜が来る前にせめて、父さんと母さんが一番欲しいものを贈るんだ」

ナースさん、と虎太郎くんは言って、私の目を見つめる。

「手伝って、ください」

私がどう返事をしたかは、言うまでもない。

虎太郎くんが亡くなったのは、それからちょうど一週間後のことだった。

まるでご両親の和解を待っていたかのように、虎太郎くんは生気を失い、みるみるうちに弱っていった。

そして十一月二十八日の未明、ご両親が見守る中で虎太郎くんは眠った。

小さな身体にエンゼルケアを行いながら、二人きりの病室で私は虎太郎くんに伝える。

「約束、必ず守るからね。安心して」

私と虎太郎くんはあの日、一つの約束を交わした。

それは虎太郎くんが両親に贈るプレゼントの手伝いの一環だ。

大事に保管しておいた贈り物を、私は病室に戻ってきた虎太郎くんのご両親に手渡す。憔悴しきった様子の二人は、私が渡したものがなにか、すぐにはわかっていないようだった。

「これを虎太郎くんから預かっていました。恥ずかしいから、自分が遠くへ行ってから渡してほしいと」

あの日、虎太郎くんは二通の手紙をしたためた。

長文を書くのが体調的に難しかったため、ほとんどは私が口述筆記をした。だけど宛名と署名だけは自分で書くと虎太郎くんが言ったので、そこだけは彼の字だ。

虎太郎くんが眠る病室に両親を残し、私は廊下に出る。

代筆をした関係上、私は虎太郎くんがどんな文章を残したのかを知っていた。どちらも便箋に一枚ずつ。内容のほとんどは謝罪だ。

苦労をかけて、ごめんなさい。

迷惑かけて、ごめんなさい。

元気になれなくて、ごめんなさい。

だけど最後に一つだけ、謝罪とは異なる言葉が書かれている。

「父さんと母さんの子どもになれて良かった」

どちらの手紙もその言葉で終わっている。

それが本心からの言葉だったのかどうかは、私にはわからない。

だけどその言葉が、虎太郎くんから両親への精一杯の贈り物であることだけは間違いなかった。

やがて葬儀社の人たちが現れて、虎太郎くんは黒いリムジンで病院を出ていく。

彼の両親は私たちに何度か感謝の言葉を残して、頭を下げてから去っていった。

私たちはその車が交差点の角を曲がるまで見送った。

＊＊＊

十一月下旬の夜に、ローファーさんの姿はもうない。

あれからローファーさんと会うことはなくなった。当たり前だ。彼女の妹さんが亡くなった今、お見舞いに来る必要もない。

だけど自動販売機のそばを通り過ぎるときに、僕はついつい考えてしまう。なにかもっとできることはなかったのかと。

僕はローファーさんに対して真摯に向き合ったつもりだ。

しかし結果に満足しているとは言えない。ローファーさんの疑問に対して十分な答えを出せたのかは不安だし、力になれたという確信もない。

一人で悩んでも答えは出ないので、僕は人の意見をうかがうことにした。

「うまい説得だったと思うけど」

僕は四〇九号室を訪れると、まず読書家さんに事の経緯について伝えた。

もちろんプライバシーには配慮して「知り合いの子に、緩和ケア病棟の存在意義について訊かれた」という具合に情報にはぼかしをかけてある。

その疑問に対する僕の答え、つまり「自分が将来困らないために必要」というイマイチ綺麗ではない回答について、添削してもらおうと思っていた。

「人によって納得できる言葉って違うからね。たとえ結論は同じでも、相手に沿った道筋で話さないと理解を得られないことはよくあるよ」

読書家さんはサイドテーブルに積み重ねられた文庫本に触れる。

「万人に通じる絶対に正しい理屈なんてないからさ。今ある結論に対して、どういう理屈をつけるかは人によるんだよ」

たとえば、と読書家さんは自分の胸に手を当てた。

「私は病気でもうすぐ死ぬ」

「そう、ですね」

緩和ケア病棟に入院している患者さんだから、そういうことだとは薄々わかっている。だけど、はっきりと本人に言葉にされると衝撃度は違う。思わず僕はたじろいでしまった。

「これは事実で、揺らがない。受け入れないといけないことだけど、すんなり納得できることでもないでしょう？　だから人はそれぞれ理由を、意味を考えるの」

どんな風に、と訊きたかったけど訊いていいのかわからず黙っていた。

そんな僕の内心を見透かしたように、読書家さんは優しい口調で続けた。

「不摂生が祟（たた）ったとか、なにか罰当たりなことをしたのかもしれないとか、誰かに呪われたとか、そういう運命だったとか。本当に色々あるの。その中から、自分が納得できる答えを探すんだよ」

「そういうものなんですか」

「多分ね。人が生きる意味も、死ぬ意味も、本当はどこにもない。ただそれに対して本人や周りが納得できる答えを見つけられるかどうか、ってだけなんだと思ってる」

その点で言えば、僕は自分の持っている答えをローファーさんにカンニングさせたことになるのだろうか。

読書家さんの達観した意見は、僕などにはちょっと理解できないくらいだ。

「その子にとっては、話し相手がいただけで良かったんじゃないかな」

それはきっと僕のためにも、と読書家さんは言いたかったに違いない。

「いつも話し相手になってくれて、ありがとう」

なぜかお礼を言われてしまったので「こちらこそ」と返しておく。相談を持ちかけたのは僕のほうなのだから、お礼を言うのもこっちであるべきだと思う。

とはいえ具合の良くない人を相手に長話をするのは、褒められたことじゃない。

僕は「ありがとうございました」と挨拶をして、読書家さんの病室を出る。

廊下を歩きながら、自分でも不思議なくらい読書家さんを頼っていることに気がついた。どことなく去年亡くなった母親と似ている気がするからだろうか。

顔も背格好も違うし、声だって全然似ていない。年齢も母のほうが読書家さんより少し年上だ。

それなのになんで似てると感じているのだろうか。自分でもわからなかった。


「欺瞞（ぎまん）ですね」

ローファーさんとのやりとりについて話すと男爵は鼻で笑った。

読書家さんと反応が違いすぎる。あまりの温度差に風邪を引いてしまいそうだ。

四一〇号室に入院している男爵は、今日も安心するくらい元気そうで偏屈だった。

「君は姉のほうの肩を持つだけで、病床の妹のことは気にしていない。それでは不公平だと思いますよ」

「一応気遣ったつもりですけど」

「ではその子の病名は？　病状は？」

「そこまでは踏み込めませんよ、さすがに」

「君の提案を受け入れた無邪気な姉が、好奇心のまま遊びに誘っても迷惑しないような病状だったのかどうか、確認していないということですよね」

そもそも男爵から優しい言葉をかけてもらえると期待していたわけではないので、この反応も想定内である。

耳が痛い意見を受け入れてこそ、他人の言葉を求める意味があるというものだ。強がりだけど。

「姉は妹の最期に歩み寄ったつもりで満足したかもしれませんが、それに付き合わされた妹が同じように喜んでいたかはわかりませんよ」

「一緒にゲームをして、楽しくなかったとは考えにくいと思いますけど」

「遊んでやったんだから向こうも楽しんでいただろう、という意見は傲慢でしょう」

「そうは言ってません」

「もちろん、君の言うことも正しい。実際のところは確かめようがありません。所詮は他人の感情で、ましてやすでに亡くなっている人の気持ちなんて」

意地になって反論すると、するりとかわされてしまう。なんだか、手のひらの上で転がされているような気持ちにさせられる。

「でもこれは、奇しくも君が姉の主張を肯定したことになるんじゃないですか。つまり君は、近いうちに死ぬ妹よりも、今後も生きていく姉の心情を優先した」

嫌な感じだった。心臓を冷たい手で直接触られているような、不快感と恐怖感がある。それは間違いなく、自分の心のどこかにある本音だった。

決してそれだけではない。

患者よりもその家族のほうを優先しようと思ってしたことではない。

だけど、まったくそんな気持ちはなかった、とも言い切れない。

「君の事情は知りませんが、他人の世話を焼いたところで自分の後悔は消えたりはしませんよ」

なにも言えなくなった僕に、心なしか楽しそうに男爵は忠告した。

腹は立たなかった。むしろ冷静になれたような気がして、感謝したくなる。これも強がりだけど。

「失礼します」

そのとき病室の扉が控えめにノックされて、看護師さんが入ってきた。あのピンクの時計の、たしかカナさんと呼ばれていた看護師さんだ。その姿を見ただけで、心拍数が上がり、変な汗が出てくる。

なんとなく、見られたくない人に良くないところを見られてしまった。

男爵の病室に長居しすぎたかもしれない。僕は男爵と看護師さんの双方に会釈をしてから、そそくさと病室を出る。

すれ違いざまに看護師さんの名札が自然と目についた。

そこには『瀧本』と書いてある。

おそらく、瀧本カナ、という名前なのだろう。

「さっき少し、お声が聞こえてましたけど」

「ええ、少し雑談を」

ピンクの時計の看護師さん――瀧本さんと男爵が話している声は、病室を出るとすぐに聞こえなくなった。

足元の非常灯だけが淡く照らす長い廊下に人影はなく、とても静かだ。

そこで僕は男爵の言葉を思い出す。

たしかに僕はローファーさんに感情移入していたのかもしれない。

理由は違うけれど、家族の病室に行きづらくて、僕もあの場所で時間を潰した経験があった。だから、勝手に親近感を抱いていたのは否定できない。

でもローファーさんと決定的に違うのは、僕は最後まで一度も病室まで見舞いに行かなかったことだ。そしてそれを一年経った今でも後悔している。

出てきたばかりの部屋の閉ざされた扉を見つめる。

ここは僕にとって、かつては決して開けることのできなかった扉だった。

四一〇号室。

緩和ケア病棟、唯一の有料部屋で今は男爵が使用している。

そして、一年前は僕の母親——松本雪乃が入院していた病室でもあった。

＊＊＊

「芸名はね、早乙女よう子、って名前だったの。本名の松本雪乃だとインパクトがないから、って事務所の社長がね」

有料個室——四一〇号室に入院している松本さんは現在の彼女が出せる精一杯朗らかな声でそう言って、にこりと笑った。

元女優の松本さんが活動していた時期について、私はあまり詳しくない。でも新人の瀧本さんはよく知っているみたいだったので、有名な人だったのは間違いないだろう。


十一月末。

穏やかな日差しが差し込む病室で、私は松本さんの入浴介助の準備をしていた。

ここは有料部屋なのでシャワー室はあるのだけれど、松本さんは身体を自由に動かすことができない。自力での歩行も困難のため、共用の浴室まで移動しなくてはならない。そこでなら横になった状態でも湯船に浸かることができる。浴室の方では瀧本さんが準備をしているはずだ。

ベッドからの移動や、姿勢を変えている間、松本さんはいつも話をしてくれる。

それは自分にまつわる昔話や家族にまつわる話が主だった。

「芸能界で仕事をしたことは後悔してない。旦那と出会ったのもそこでの縁だったからね」

「カメラマンをされていたんですよね」

松本さんの旦那さんはカメラマンで、病室に飾られている家族の写真は旦那さんが撮影したものらしい。その話は以前聞いたことがある。

そして旦那さんが十年前に交通事故で亡くなってしまったことも。

だから家族写真はいつまでも更新されない。

病室に飾ってある写真は、十年前の松本さんと小学生くらいの息子さんの姿だけが写されている。近年のものは見当たらない。

「うん。仕事は大変だったけど、良い思い出のほうが多い場所だった」

だけど、と車椅子の上で松本さんは振り返る。

「息子の亮（りょう）には悪いことをしちゃった。仕事とはいえ平気で何ヶ月も家を空けるし、遠足のお弁当だって一度も作ってあげられなかった。母親らしいことなんて、してあげられた覚えがない」

「そんなことないと思いますよ。少なくとも写真を見るかぎり、息子さんはお母さんのことが大好きじゃないですか」

「だといいんだけど」

松本さんの表情は暗いままだ。

患者さんのメンタルは体調に影響されやすい。普段は気にならないことも、具合が悪いときは重大な問題のように思える。それが普段から気にしていることなら特にそうだ。

「父と母はお見舞いによく来てくれるの。亮もね、車で駐車場までは一緒に来てるらしいんだけど、病室まで来てくれたことはなくてさ。まぁ、こんな状態で会うのも恥ずかしいんだけど」

松本さんは痩せて細くなった髪の毛をつまんで笑顔を作った。自分の弱音を冗談としてごまかそうとしているみたいに。

松本さんの話を聞いて、私はふと思い当たることがあった。

それは以前、夜勤の最中に見かけた男の子のことだ。

写真をもう一度確認する。

屈託のない笑顔で写るこの少年が高校生になれば、あれくらいの背格好になっていてもおかしくはない。あのときはもしかしたら幽霊じゃないかと誤解していたけれど、今の話を聞いて合点がいった。

「松本さんの息子さんって、たしか高校生でしたよね。首に大きなヘッドホンをつけてませんか」

「うん。高校生になったらすぐにバイトを始めて、その給料で買ったやつだって聞いてる」

「それなら私、病棟の入り口でお見かけしましたよ。少し前ですけど」

「そうなの？」

「はい。きっとまだ心の準備ができてないだけですよ。だからもうすぐきっと、病室まで来てくれます」

「それなら、こっちも心の準備がいるね」

ふふっ、と笑った松本さんの表情は外の日差しに負けないくらい明るくて、それは心からの笑顔なのだと私は思った。

「お疲れ様でした」

冴えない顔をした瀧本さんは、更衣室で私服に着替えると私にそう挨拶をしてくれたが声には力が入っていない。目の下のクマを化粧でごまかそうとした顔は表情もどこか淀んでいる。

ここ数日、瀧本さんはずっとこの調子だった。

今のところ仕事に支障をきたすようなことはないけれど、元気そうにはとても見えない。

彼女がこうなっている理由もおおよそ察しがついている。

瀧本さんはまだ、虎太郎くんのことを引きずっているようだった。

初めての看取りだったのだから、仕方がない面もある。

とはいえ、いつまでもそのままでいられては困る。

「瀧本さん、良かったらこのあと一緒にごはんに行かない？」

さいわい今日は時間通りに退勤できそうだ。

普段なら愛犬が待っている自宅に大急ぎで帰るのだが、今日の瀧本さんを放ってはおけない。一時間くらいならいいだろう。

とはいえ、最近の若者は先輩からの誘いを嫌がるという話を聞いたことがある。断られたら素直に引こう。

「行きます。よろしくお願いします」

私の不安をよそに、瀧本さんは二つ返事であっさりとうなずいた。

場所を個室居酒屋に移し、生ビールと焼き鳥を手にしてしばらくすると、瀧本さんはボロボロと泣いた。

言葉にはしなかったが、虎太郎くんのことを思い出しているのは想像に難くない。

自分は初めての看取りでどんなことを感じていたのだろう。やっぱり泣いたかもしれない。

「見送るのがつらい人は、長続きしないんだよね。患者さんに対して強く感情移入しちゃうと、それだけ自分も大きなダメージを負うから、心がもたなくなる」

「でも少しも感情移入しないで看護なんてできるんですか？」

「そうだね。人間ってのは、なんにでもすぐ愛着を持つからね。だからチームで看護するんだよ」

一人で抱えきれない感情をチームで分担する。

そうでなければ、仕事としての看護は成立しない。

「先輩は緩和ケア病棟で働いて、長いんですよね？」

「まぁ十年以上は経ってるかな。でも正直に言うと、今でも慣れないよ」

どんな仕事でも完全に慣れることなんてないはずだ。

つらいことも苦しいことも慣れないまま続けていく。

働くというのはおそらくそういうことなんだろう。

瀧本さんはまだ顔をぐしゃぐしゃにして泣いていた。だけど看護師の制服を脱ぐまで泣くのを我慢していたのだから十分だろう。

いずれうまく折り合いをつける方法を見つけるか、それとも緩和ケア病棟を離れるのか。

それは瀧本さん自身が決めることで、これ以上私が口を出せることではない。

少しだけ先の道を歩く者としてできることは、話をして、あとは一緒にグラスを傾けることがせいぜいだ。

「それで、やりがいは見つかった？」

瀧本さんが緩和ケア病棟の研修に来て、約一ヶ月。もう研修期間の半分が終わった計算だ。

いい頃合いだと思うので、赴任してきた当初に口にしていた「仕事のやりがい」についてあらためて尋ねてみた。

「まだわかりません。だけど、今はまだ続けたいと思ってます」

「そっか。見つかったら、私にも教えて」

やりがい、という曖昧な言葉は正直あまり好きではない。だけど、もしそんなものがあるのなら、それはそれで知りたいとも思う。

なくてもいいけど、あるならあったほうがいい。

「わかりました。いつになるかはわからないし、見つからないかもしれないですけど、もしも見つかったら先輩に伝えます。約束します」

ちょっと酔いが回っているのか、瀧本さんは大量の予防線を張ってから約束してくれた。

「っていうか、先輩本当に少食ですよね。絶対どこか悪いと思います」

「そんなことないよ」

お酒を飲むときにつまみがあまりいらないだけだ。塩とか海苔だけでいい。

「いいえ、絶対です。病院、行ってください。健康は大事です。どうか長生きしてください。みんなみんな、長生きしてください」

「はいはい。わかったよ」

明らかに酔ってしまった後輩の背中をさすりながら、私は適当に返事をした。

しかし、あれだけ言われると多少は気になるもので。

それからも度々瀧本さんに「病院に行け」と言われたものだから、私は素直に検査の予約を取ることにした。

毎年の健康診断は受けていて、たしかに精密検査が必要とされている項目もいくつかある。でも何年か前に精密検査を受けたときには、どれも病変ではないということで片付いていた。だから健康診断の結果もあまり重要視してなかったのだけど、たまにはこういう機会があってもいい。

有給を消化する必要にも迫られていたので、いっそ人間ドックを受けるつもりで、検査を受けた。

もちろん勤めているのとは別の病院だ。

大きな病院だから心配ないとは思うけれど、なんとなく気恥ずかしいから他所の病院で検査を受けた。

予約を取ってから数日。

あれこれ食事制限をかけられたり、超音波やら内視鏡やらで透かされたり内臓を覗いてもらった結果。

「落ち着いて聞いてください」

主治医の先生はそんな定型文から本題を切り出した。

本当はその前に「ご家族と一緒に」と言われていたのだけど、私は独身だし、家族とは離れて暮らしている。母や弟に車で何時間も旅してもらうのは気が引けた。

だから私は一人で受け止めることになった。

自分がステージⅣの胃がんで、余命一年だという事実を。

三章　余命の使い道

すべての物事には限りがある。

そんなことを大人が訳知り顔で言うたびに「当たり前のことじゃん」と白けた気分になった僕だけれど、大学生になった今振り返ってみると、あれは案外含蓄のある言葉だったのかもしれないとも思う。

世の中に無限のものはないとはわかっていても、なんとなく色んなものを無限だと思って僕は毎日を生きている。

人が一生のうちに歩ける歩数も、話す言葉の数も、眠れる夜も、実際のところは有限だ。

だけど、日々を生きているとなんだかすべて無限のような気がしていて、一歩一歩大事に歩こうだなんて思ったりはしない。

子どもの頃はもっと明日というものが恐ろしかった記憶がある。

自分が目覚めないことが、友達と二度と会えないことが、夜になると怖くて仕方がなかった。

それが平気になったのが、具体的にいつだったかは覚えていない。だけど怖くなくなった理由はわかっている。

慣れたからだ。

朝になっても自分は生きていて、友達とヘラヘラ笑っている。

そんな毎日を積み重ねることで、有限な未来に対する不安は消えて、いつの間にか未来は無限にあるのだと錯覚するようになっていた。

でもそれは所詮錯覚でしかなくて、こうしてバイトをしている今も有限の時間は少しずつ減り続けている。

目に見えないくらい緩やかに、けれどたしかに昨日よりは今日のほうが僕の未来は開けていない。可能性は閉ざされ続けている。

具体的な数字で考えてみよう。

僕が今後六十年生きると仮定した場合、誕生日を祝える回数の最大値は残り六十回だ。ハロウィンも、クリスマスも、同じ回数だけ祝えるかもしれない。

六十年を日数にすると、ざっくり計算して二万二千日。

細かく計算すると二万千九百日プラスうるう年で十五日だけど、ややこしいから八十五日はおまけしてもらおう。

こうすれば自分の人生における出来事の残り回数が余命のように可視化される。

一ヶ月に一度、家賃や電気代を支払う回数は約七百二十回。

週に一度の雑誌やテレビ番組を拝める回数は約三千百回。

一日一回すること、たとえば夜に眠ることができるのは残り二万二千回。

この数字を多いと見るか、少ないと見るかは個人差があるだろう。僕の場合は漠然と無限だと思い込んでいたので、どんな数字でも少なく感じてしまう。

そもそも僕が八十歳近くまで生きているかどうかは不明だし、仮に生きていたとしても健康でいるかどうかという問題もある。あくまで概算だ。

時間を無駄なく有効活用しようと思っても窮屈で息苦しい気はする。

かといって、怠惰に過ごしていると一瞬で時間がなくなるようで、なんだか焦る。

答えの出ない思考はぐるぐると空回りし、どう過ごすとしても本人に充実感があればいいんじゃないか、なんてありがちな結論に至った。我ながら安易だ。

どんな状況でも、自分が納得できるように過ごす。

その点で言えば、読書家さんの姿勢には見習いたいものがあった。

「これも面白かった」

文庫本をパタンと閉じて、読書家さんは微笑んだ。

「ミステリってあんまり読んだことのないジャンルだったけど、ハマる人が多いのも納得。解決編の爽快感が癖になりそう。最初から最後までずっと解決編のミステリ小説とかあればいいのにね」

読書家さんの病室には少しずつ物が増えている。そのほとんどは売店の配達で運ばれてきたものだろう。いくつかは僕が配達してきた記憶がある。

一口に本と言っても、読書家さんが読むジャンルは多岐にわたる。

小説や漫画、ファッション雑誌に料理のレシピ本。他には新聞も何部かある。調子が良いときに読むために買っていると以前言っていた。

「あれこれやってみたいことはあるんだけどね。手芸とか、テレビゲームとか、今までやったことがないから。ただ長時間集中しないといけないのは難しくてね。結局、紙媒体に戻ってきちゃう」

「電子書籍とかのほうが買うのも読むのも手軽そうですけど」

「モニターの画面よりは紙のほうが目が痛くならなくていいんだよ。折ったり、曲げたりできるし、枕や重しにも使えるから便利でね」

たしかに本はどれも折り目やクセがついてしまっているものばかりだ。姿勢を正して読めるときばかりではない、ということが想像できる。

病室でも案外できることはあるんだな、と将来自分が入院生活を送ることになったときの参考にしようと思った。

一方で。

「暇です」

男爵は今日も不機嫌そうに口をへの字に曲げていた。

同じように病室で毎日を過ごす患者さんでも、自分で有意義な時間の使い方を見つけられる人もいれば、そうじゃない人もいるようだ。

「薬が効いているおかげで、ここ数日なんて夜もぐっすり眠れています。日によっては病棟内を徘徊(はいかい)できるほどに元気で」

「良いことじゃないですか」

「そうでもありません。自分はここで死ぬつもりで身の回りを整理してきました。今さらうっかり退院なんてことになっては困ります。仕事もない、金もない、住むところもない。ここを放り出されたら、野垂れ死にすることになってしまいます」

これまで具合が悪くて困っている患者さんなら見たことがあるけれど、調子が良くて文句を言う人を見たのはこれが初めてだった。男爵らしくはあるんだけど。

「やることもないのに調子が良い日というのが一番困ります。外を走り回るほど元気ではない。かといってベッドでぐーすか眠れるほど疲れたり、苦しいわけでもない。やりたいことも、やるべきこともないのは退屈ですよ」

「じゃあ本を読んでみるのはどうですか」

僕はさっき会ったばかりの読書家さんの姿を思い出しながら、提案してみる。

「本なら場所も時間も選びにくいですよ。ジャンルも色々あるし」

「今さら夢物語を読んだところで、なにか意味があるとは思えません」

「だったらノンフィクションの手記とかエッセイとか」

「同じような病気の人間が死んでいく記録なんて、真面目に読んだところで気が滅入るだけでしょう」

なにを提案しても手応えはない。

これだけ否定され続けるとだんだんこちらも意地になってしまう。是が非でも「それは名案ですね」と、このひねくれ者の男爵に言わせてみたい。

「いっそのこと、この病院で噂されている幽霊の話を調べてみるとかどうですか」

病院にいる幽霊の話は、以前ローファーさんから聞いたことがある。あんまり怖い話ではなかったけど、噂話について調べるのは本を読むのとはまた別の面白さがあるかもしれない。

「子どものようなことを言いますね」

だけど男爵はこれまでで一番の嫌な笑顔を見せた。

「幽霊なんているわけないでしょう」

「非科学的だからですか？」

「それ以前の問題です。設定に矛盾が多すぎる。死者がみんな幽霊になるなら、地球上は幽霊まみれで窒息しますよ」

「え、幽霊って呼吸するんですか？」

「窒息と言ったのは比喩表現です。息をするかどうかは別にして、多くの幽霊がいるのなら他の幽霊が邪魔で前も見えないだろう、という意味ですよ」

「それはほら未練があるとかないとかで、幽霊になったりならなかったり。あとは成仏したりして、いい感じの人数になってるんじゃないですかね」

「いつ、どんな死に方をしたところで、未練や後悔にまみれていない人間なんていませんよ。さらに言えば、化けて出たところで生前の未練が解消されるとも考えにくい。成仏とやらも難しいでしょう」

そもそも、と男爵は雄弁に語り続ける。完全にスイッチが入っていた。

「病院に幽霊が出現するのがわかりません。幽霊になって自由にあたりを闊歩できるなら、真っ先にここから出たいと思うものでしょう。死ぬまで病院のベッドにいたのなら、なおさらそう思うのが自然じゃないですか」

「地縛霊とか、そういう縛りがあるって聞いたことありますよ。出ていきたくても、出ていけないとか」

「それも都合のいい話だと思いますけどね」

とにかく幽霊が気に入らないというのはわかったので、次の提案へ進もう。

「ならいっそのこと、自分で書いてみたらどうですか」

僕は思いつくまま言葉にする。

「逆に書いてみればいいんですよ。夢物語が嫌ならノンフィクションで。ああいう記録とか日記みたいなものを書いてみるのって、結構新鮮な体験だと思うんですけど」

「いいえ。ああいうのは、周りに愛されている人間が書くから美談になるんですよ」

この提案に対しても男爵はゆっくりと首を左右に振った。

「家族や恋人がいるから記録を残す意味がある。届ける相手を想定して書くから美しくまとまる。苦しい立場にあっても、最後は周囲に対する感謝で締めくくるから美談になる」

男爵の長口上は一度始まると勝手に止まるまで待たないといけない。とはいえ、それほど嫌いなわけでもない。自分とは違う価値観を持つ人の話を聞くのは、面白いときもある。

「病気で死ぬのは悲しいことだけど、こんなに周りの人から愛されていたのだから幸せだった、だとか。こんな風に穏やかな最期を迎えられるなら死ぬのが怖くなくなる、だとか。そういう欺瞞に満ちた感想を持ち寄るための記録にしないと」

　相変わらず、どうしてそんなに物事を斜めから見てしまうのか。その視点が純粋に不思議だった。

「自分は天涯孤独だから、言葉を残すような相手はいません。仮に書いたとしても、恨み言とか後悔とか、そういう誰も見たくないものしか書けませんよ」

「それをそのまま書いちゃダメなんですか？」

「そんなのは誰にも求められていません。病人というのは健気（けなげ）で、儚（はかな）く、聖人のような人間でないといけない。こんなに良い人が死んでしまうんだ、というストーリーでなければ感動できませんからね」

　男爵はこういう話をしているときが一番饒舌で、元気そうだ。こうして話していると相手が病人だということを忘れてしまいそうになる。痩せていて、顔色はそれほど良くはないけれど、体調が良いというのは本当らしい。

「病気になったことを呪って、自分を治せない医者を心の中で罵って、健康な大多数の人間を妬みながら暮らしている病人なんて、いてはならない」

「どうしてですか？」

「そんな人が死んでも、誰も悲しくならないからですよ。人の死は悲しくなくてはならない。感動できない闘病記なんて、記録としても物語としても価値がありません」

「そんなことないですよ。怨念と恨み言で綴られた闘病記があっても別にいいじゃないですか。みんなに敬遠されたって、一人くらいは読みたいって思うかもしれませんし。少なくとも僕は読んでみたいです」

「だとしても、書きませんよ」

結局、ぴしゃりと扉を閉ざすように男爵が話を打ち切ってしまったので、僕は渋々引き下がるしかなかった。

＊＊＊

私にとって休日というのは、次に出勤するための準備時間だった。

洗濯物を片付けるのも、食料品の買い出しに行くのも、掃除をするのも、また明日から問題なく働くための作業であって娯楽というわけじゃない。

だから、まとまった有給なんていうのは正直持て余す。

定期的に訪れる休日と違って、わざわざ確保した有給だ。今までは主に平日しか手続きしてくれない役所の用事を済ませるために使ってきたから、それ以外の有意義な使い方というものがよくわからない。

余命宣告をされて、もう数日が経った。十二月もいつの間にか十日が過ぎていて、来年がもうすぐそこまで迫ってきている。

念のため別の病院で診察してもらったけれど、結果は同じだった。

余命一年。

医師によって言うことは違った。

もう手の施しようがない、と最初の医師は言った。ステージⅣともなれば抗がん剤も放射線も無駄だと。

次に診てもらった医師は、治療の方法はいくつかあると示してくれた。たとえ完全寛解はできなくとも、余命を延ばすことはできるだろうと。

いずれにしても、今後の人生については見直さなくてはならない。

自分でも驚いているのは、思ったよりも取り乱さなかったことだ。

自暴自棄になってもおかしくないと思うのだけれど、今のところは平常だ。少ないながらも食事は取れているし、夜はそれなりに眠れている。

けれど、ショックがないわけではない。

カレンダーを見るたびに少し憂鬱な気分になるし、賞味期限や消費期限の数字がやけに印象に残る。だから本当はあまり平常心とは言えないのだろう。

気づいていないだけで、頭を殴られたような衝撃がまだ身体のどこかで響いているのかもしれない。

今まで自分が死ぬと思って生活したことがなかった。看護師の仕事をしているから、他人の死に触れることは多いけれど、自分のそれとなると勝手がわからない。

じっとしているのは苦手なので、思いつくかぎりのことをした。別の病院で診てもらうのが最初にしたことで、それからひたすら部屋を掃除した。換気扇の裏や冷蔵庫の中まで磨き上げてしまったので、次にすることを考える。

「ロコ」

名前を呼ぶと愛犬のロコがのそのそと近づいてきて、私の膝にあごをのせる。そのモフモフとした身体をなでながら、私は思案に暮れる。

ロコはもう十五歳、立派な老犬だ。

私がまだ実家にいた頃に弟が突然連れ帰ってきた。箱に入れて捨てられていた子犬のうち、貰い手が見つからなかったのがこのロコだ。

母が好きなバンドの曲から、ロコと名付けられた我が家の愛犬は「思うままに生きてほしい」という願いの下のびのびと大きくなった。

ロコは家族の中でもなぜか私によく懐いてくれて、子犬の頃からこうしてなでられるのが好きだった。かつては両手ですくい上げられるくらい小さかったロコも、今は両腕で抱えられるくらい大きくなり、そして動きも鈍くなった。

一人暮らしを始めるときには、番犬として一緒に来てくれた。

ペット可のアパートを探すのは大変だったけれど、心細い初めての一人暮らしにロコがそばにいてくれるのは心強かった。

あの小さかったロコも歳を重ね、今は眠ってばかりいる。それはつまりお迎えが近いということだ。その覚悟はしてきたつもりだ。

想像するだけで悲しみと寂しさで胸が痛むけど、この子を看取ることも、一緒に暮らす幸せを分けてくれたロコに対する責任で、礼儀だとも思ってきた。

だけど、そう考えていた頃と今では状況が変わってしまっている。

もしかすると私は、ロコよりも早く死ぬのかもしれない。

だとすれば、私の死はロコにまで迷惑をかけることになってしまう。それはなんとしても避けたい。

「帰ろうか」

ロコのことを考えれば、私が次にやるべきことは決まった。さしあたり、実家に帰る必要があるだろう。

そう遠くないうちに死ぬことになったのだから、まずは家族にそれを伝えなくてはならない。

人間が死ぬ、というのは飾らずに言えば面倒なことだ。

死んだ人間よりも、その周りにいる人が大量の手続きに忙殺されることになる。

ポジティブな母は「あれは悲しみに打ちのめされないように、あえて忙しくしてあるの」なんて昔言っていたけれど、真偽は不明だ。もし仮にそれが事実だとしても、悲しんでいる人を忙殺することで立ち直らせるというのは、かなり乱暴なやり方だと思う。

まずは私の病気と余命について伝えること。

それと同時に、ロコの世話も頼まなくてはならない。

リードをつけたロコを促して、自分の車に乗り込む。後部座席に乗り込んだロコは動物病院に連れて行かれるのかと、多少警戒しているようだった。

「大丈夫。家に帰るんだよ」

それが嘘じゃないと伝わったのか、ロコは後部座席でゆったりとくつろいだ。

後ろにロコを乗せているので普段よりも速度を落として、実家へと向かう。

海辺にある私の実家までは、車でおよそ三時間。途中で何度か休憩を挟みながら、ロコと二人きりのドライブを楽しむ。

県境を越えてから、実家に連絡をしていないことを思い出して電話をかけた。

しかし、忙しいようで母は電話に出なかった。

高齢の母はアクティブで、同年代の友達とハイキングをしたり、銭湯に出かけたり、バスツアーに参加したり、とにかく日々忙しくしている。

もっと早く連絡しておけば良かった。

仕方ないので私は弟の剛に電話をした。

五つ年下の弟は母親と一緒に暮らしている。私と違って地元の役場に就職した弟は、スポーツを愛し、映画を愛し、多趣味でもある。私とはあらゆる点で似ていない。

『どうかした？　大丈夫？』

弟は第一声から心配しているようだった。事故にでもあったのかと想像しているのかもしれない。突然弟に電話をかけたことなんて、これまでほとんどなかったから当然の反応だ。

「ごめんね、仕事中に。休みができたからそっちに戻ろうと思って。母さんに電話をかけたんだけど、出なくって」

『あー、またどっかに置き忘れたのかも。前は自転車の前かごに入れたままだったからなぁ』

「母さん、そんなにうっかりしてたっけ？」

『歳のわりには元気なほうだけど、おふくろだって七十過ぎてるんだよ。うっかりもするって』

実家にいる家族とは年に一度会うかどうか、という生活を何年も続けてきた。そのせいか、母親が自分の想定よりもずっと歳を取っていることに驚かされる。

あと弟が母親のことを「おふくろ」と呼ぶようになっているのにも驚きだ。どことなく格好をつけているように聞こえる。

「とにかくロコと一緒に今から帰るから、母さんにもそう伝えといて」

『わかった。でも急だね。なにかあったの？』

妙に鋭い、というよりかは私の行動が不審すぎるのか。

それはそうだ。盆正月もあまり帰ってこなかった姉が、平日の昼間に電話をかけてきて、しかも帰ってくると言い出したのだ。どんな人間でも違和感を覚える。

いっそ電話で打ち明けたほうが、面と向かって話すよりも気楽かもしれない。

がんで余命宣告されてしまった。

ついては私が死んだあとの財産や、その他諸々の整理とか手続きについて事前に相談しておきたい。あと、ロコの世話をくれぐれもよろしくお願いします。

伝えることはたったこれだけだ。なにも難しいことはない。

「なんでもないよ。ただの有給消化だから」

なのに、喉まで出そうになった言葉を飲み込んでしまう。

言うべきこともやるべきことも決まっているのに、いざとなるとなぜか打ち明けられなかった。

もう少しだけ、タイミングを見計らうことにしよう。

それくらいの猶予はまだ私の人生に残っているはずだから。

＊＊＊

人はどうやって自分の死を受け入れるのか。

僕は以前そのことについて調べたことがある。

といっても、高校生の頃の話でネットで検索しただけだ。コラムを読んだり、動画でそういう説明をしているものを眺めただけで、知識としてはなにも蓄えられていない。すぐに怖くなって調べるのをやめてしまった。

なぜ調べようと思ったのかといえば、それは母親を病気で亡くした経験があったからだ。

一年前の冬に、母は亡くなった。

役者をしていた母親はそもそも家を空けがちな人で、僕は幼い頃からほとんどの時間を祖父母と共に過ごした。それは母親の病気が判明したあともそう変わらず、亡くなる直前も同じだった。

母親は日本全国あちこちの病院にかかり、やがて入院したけれど、僕がお見舞いに行ったことはほぼない。高校生だった僕はそう忙しくもなかったのに、受験生だからと理由をつけて、病院に行くことを避けていた。

だから母親が死をどうやって受け入れていったのか、僕は知らない。

覚えているのは、嘘みたいな作り笑顔だけだ。あれで役者の仕事ができているのか、ずっと不思議に思っていた。

祖父母に聞けば当時の様子もわかるのだろうけれど、そこまでして知りたいことでもない。そもそも母親の死に際をわざわざ思い出させるのは酷なことだろう。

けれど、過去に調べたにわか知識があるせいか、緩和ケア病棟で過ごす患者さんたちがどうやって自分の死と向き合っているのか、少しだけ気になる。

たとえば現在、ノートにガリガリとペンを走らせている男爵について。

数日前には手記を書くことに対して否定的だったのに、いつの間にかノートとペンを手に入れていて、しかもなにやら書き始めている。僕がいない間に配達を頼んだのだとすれば、妙に手が込んでいる。

ノートに向かう男爵は集中しているようで、僕の来訪には気づいていないようだ。

好奇心に従って、僕はこっそりと横からノートの内容を覗き込む。まるで印刷でもしたかのような整った文字だ。

いつもひねくれた態度で、物事に対して否定的なこの人は、いったい病気に対してどのような形で向き合っているのか。

その答えが手記に隠れているのかもしれない。

ノートに書かれた文章はこんな風に始まっていた。

反省文を書くことが罰になるのはなぜか。

それは、長い文章を書き記すという行為そのものが苦痛だからだ。写経が修行に含まれるのも、読書感想文が蛇蝎のごとく嫌われているのも同じ理由だろう。

そんなことを好き好んでやるというのだから、日記やらＳＮＳやらで日々文字を書き連ねている人たちの気がしれない。わざわざ手記を残す人間もそうだ。手書きで文字を書き残した昔の文豪なんかは全員マゾヒストだったに違いない。

でも退屈はすべてに勝る、あるいは劣る。

なにもすることがない時間よりかはまだ、罰を受けているほうがマシだ。

そんな気がしたのでノートにあれこれ書くことにした。

ごく個人的な内容になるから、人に読ませるつもりはない。

こういう日記のようなものを書くのは小学校の宿題以来だ。大昔のことでほとんど覚えていないけど。

今日も体調は良い。最悪だ。もし仮にこのまま退院となったら、住むところもなく路頭に迷うことになる。それは困る。ソーシャルワーカーに相談すればどうとでもなるのかもしれないが、その相談すら億劫だ。

早く死にたい、とまでは思わない。

でも、死にたくないとも思えない。

長生きしたところでやりたいことはない。

今でさえ時間を持て余しているくらいだ。

だから一番不安なのは自分が予定より長生きしてしまうこと。

それが一番怖い。


と、僕がそこまで読んだところで、不意に男爵と目が合った。

「いきなり現れるのはやめてください」

まるで教師のような固い口調で、男爵は顔をしかめた。もっと驚くかと思ったが、表情には動揺ではなく不満の色が強い。

これでは「僕も読書感想文を書くのが苦手でした」なんて感想も口にできそうもないので、素直に謝罪する。いや、やっぱりちょっとだけ言い訳もしよう。

「集中しているみたいだったので、声をかけそびれてしまいました。ごめんなさい」

「まったく。気が削がれました。もうやめにします」

男爵はノートのページをビリリと破った。思わず「あ、もったいない」と僕はつぶやいてしまう。そんな僕の言葉を気に留める素振りもなく、男爵は破ったページを手の中に丸めた。

「そもそも書くことがないんですよ。今書いてたのだって、なんの記録にもなっていません」

「他の人が書いた闘病記とかを読んでみたら参考になるんじゃないですか？」

「読んだことはあります。入院するまでに何冊か、図書館で読みました」

前は闘病記に対して否定的な言葉を並べていたのに、実はちゃんと読んでいたとは意外だった。

散々な表現をしていたけれど、あれは男爵なりに褒めていたのかもしれない。闘病記に涙や感動を覚えたからこそ、それを生み出せないことに対して劣等感みたいなものを感じていた、なんて僕の考えすぎかもしれないけど。

「ああいう本って、結局は人との交流なんですよ。家族に病気について打ち明けたとか、職場の人が親身になってくれたとか、まだ愛している恋人にあえて別れ話をしたとか。そういうの、自分にはないので」

たしかに今のところ、誰かが男爵を見舞いに来た様子はない。

以前天涯孤独だとは聞いていたけれど、この口ぶりだと友人や恋人のような相手もいないようだ。

孤独。

男爵の顔を見ていると、そんな言葉が頭に浮かんだ。

「別に病気のことに限定しなくてもいいんじゃないですか」

難しく考えることじゃないはずだと僕は思う。

書くことがないのなら、書けることを探せばいい。

「子どもの頃の出来事でも、やってみたいことでも、なんなら昨日寝ている間に見た夢のことでも。なんでも書いてみたら、案外楽しいかもしれませんよ」

文字を書き記すことが苦痛だと男爵はノートに記していたけれど、大昔から今まで日記や手記という文化が残っている。それならやっぱり、なにかを書くことにはある程度の楽しみもあるはずだ。それがどういうものなのかは、大学のレポート提出に毎度苦労している僕などには想像もできないけれど。

「いいえ、今度こそやめにします。大した未練もないので」

男爵はノートを閉じて、ペンを投げ出す。

こうして僕の思いつきによる手記騒動は終わった。

なんて素直に考えられる相手ではないことはこの短い付き合いでもわかっている。

男爵はきっとまたノートを開く。

彼の表現を借りるなら、退屈はすべてに勝ったり劣ったりするから。他に興味のあるものが出てこないかぎり、男爵はまたペンを手に取るだろう。

だけど、そんな野暮なことは指摘しない。

相手が意固地になるようなことをわざわざ口にするのは悪趣味だし、一読者として楽しみにしているから。

「退屈です」

ベッドに横たわった男爵はわざとらしくそう言った。

「困りましたね」

そして僕も素知らぬ顔で、男爵の言葉に同調した。

＊＊＊

実家に戻ってから、一晩が経った。

突然帰ってきた私とロコを実家の母と弟は、手厚く出迎えてくれた。

どちらも私よりもロコが戻ってきたことのほうが嬉しそうだったけど、これはいつものことなので気にしない。ロコも楽しそうに尻尾を振っていた。

母は相変わらず心配ばかりで、仕事はしっかりしているのかとか、結婚はしないのかとか、顔を合わせるなりずっと質問攻めだ。かつては鬱陶しく感じていたそんな質問たちも、なんだか今はこそばゆい。

唯一、身体には気をつけるように、と言われたときにはドキッとした。

母は定型文として口にしただけで、別に私の病気を知っているわけではない。そうわかったときにはなぜか安心した。

弟はそんな母とは対照的に口数が少なく、私とは話すことがないようだった。業務連絡のように「部屋は前のままだから」と「いつまでいるの？」の二つだけ口にしたくらいで、あとはずっと黙っていた。弟らしいと言えば、らしくはある。

そんな昨日のことを思い出しても、これといってやることがない。十一時までダラダラと寝て過ごしたあと、私はロコと散歩に出かけることにした。

生まれ育った町を、ロコと一緒に歩いて過ごす。海から届く、潮の香りと波の音がやけに懐かしい。

いつもは短い散歩で帰りたがるロコも、今日はやる気満々だ。さすがに子犬の頃のように走り回ったりはしないけれど、足取りがいつもより軽い気がする。尻尾も左右にリズムよく動いていた。

もしかするとロコと散歩するのはこれで最後かもしれない。それなら長い散歩になるほうが嬉しい。

あとは家族にどう打ち明けるかだけだ。

昨日から今日にかけて、病気について告白するタイミングは何度もあった。だけど、結局まだなにも言えずにいる。

夕食のときに話すと食欲がなくなりそうでやめた。

寝る前に伝えると母が眠れなくなりそうだからやめた。

そして朝一番にするような話じゃないな、と思って今朝もなにも言わないまま弟と母が出かけるのを見送った。

いっそこのまま帰ってしまおうか、なんて考えてしまう。

だけどロコのことを考えると、やっぱり伝えないわけにはいかない。

仕事ならばテキパキとやれるのに、自分のこととなるとこうまで二の足を踏むとは我ながら意外だった。

外の空気は冷たく、吸うと胸が小さく痛む。

たまに帰省してもここまでゆっくりと散歩をすることはない。だから子どもの頃に戻ったような気分で、かつて自分が通っていた学校の前を歩く。

数十年経っていても学校自体は記憶と同じ場所にあった。ただ周辺の建物はすっかり様変わりしていて、なんだかよく似た異国に来たような気分にさせられる。

ぐるりと町内を回って、そろそろお昼が近づいてきた。ロコも満足したようで、帰りたそうにしている。

相変わらずあまり食欲はないけれど、それでも帰って食事でも取っておくかと思案していたら携帯電話が鳴った。弟の剛からだ。

「どうしたの？」

昨日とは反対に、今度は私が訝しむ番だった。

『姉ちゃん、まだしばらくはこっちにいる？』

「うん。でも明日には向こうに戻ろうと思ってるよ」

特に決めていたわけではないけれど、するりとそんな言葉が出た。自分を追い込むためだったのかもしれない。

『なら早いほうがいいか。今どこにいる？』

「昔、剛が通ってた幼稚園のあたり」

『わかった。じゃあそっちに行くから、タヌキの公園で待ってて』

通話はそれで終わった。

「ちょっとだけ遠回りしようか」

そう声をかけるとロコは特に嫌がりもせず、ついてきてくれた。

タヌキの公園というのは、私たちが子どもの頃に通っていた公園だ。小さな公園で、今も昔もあまり人気はない。

弟の剛がタヌキと呼ぶのは、多分元はクマの形をした遊具だったと思う。ただ部分的に塗装が剥がれ潮風で錆びた結果、タヌキにも見えるようになった。今はさらに塗装が剥がれてタヌキにさえ見えない。

ベンチに腰掛けて弟の到着を待つ。どんな話をするのだろう、と想像してみるけれどうまくはいかなかった。

私と弟は仲が良いとか悪いとかそれ以前の問題で、相手のことをよく知らない。

子どもの頃は同じ家で暮らしていたから、どの学校に通って、なんの部活だったかは覚えている。だけど私が実家を出てからというもの、そう頻繁に連絡を取ることもなかった。

お互いになにか困ったことがあれば、もっと連絡を取っていたのかもしれない。けど、私も弟もそれなりに生活できていたし、母も元気にしている。盆正月も必ず集まるほど距離の近い家族ではなかった。そう思うと、やっぱりそんなに仲が良いわけではないのかもしれない。

別に嫌いなわけじゃないし、確執があるわけでもない。過去になにか溝が生まれるような出来事があったわけでもない。ただし用がないのに顔を合わせて世間話をするような、仲の良い姉と弟ではなかった。

そんな関係なので、私の中にある弟の情報は何年も更新されていない。

今でもほぼ高校生の頃のままのイメージだ。毎日泥だらけのユニフォームを持って帰ってくる、大飯食らいのサッカー部。

それが今では三十歳を過ぎた大人になっているというのだから、もはや隔世の感がある。私が実家を離れていた十数年の間に、実家の方では二倍速で時間が過ぎ去ったのではないかと疑いたくなった。

そんな弟がわざわざ時間を作ってまで私と話をするというのだから、なにか重大な用事があるのだろう。歳を取った母親にまつわる話かもしれないし、お金の話かもしれない。なんにしても覚悟をしておく必要がある。

「姉ちゃん。ああ、ロコも一緒だったんだ」

現れた弟はスーツ姿で、やっぱり私の中にあるイメージとは合致しない。だけど声や話し方はやっぱり弟だ。

弟はロコを挟んで、隣に腰掛けた。ふんふんとにおいを嗅ぐロコの頭をわしわしとなでている。

「どうしたの、剛。仕事中でしょ」

「昼休みだから大丈夫。姉ちゃんこそ、用があって帰ってきたんじゃないの？」

「うん、まぁね」

「おふくろがいるところでは話しづらい内容みたいだね」

察しの良い子だ。昔はそうでもなかったと思う。

私は深く息を吐いて、天を仰ぐ。さいわいにも今が絶好のチャンスだ。ここを逃せば、きっともう打ち明ける機会はない。

「私、少し重い病気でね。多分あんまり長くないの」

胃がんのステージⅣだ、とはっきり言わなかったのはそれで病状が伝わるとは思えなかったからだ。いや、本当は明確な言葉にしたくなかっただけかもしれない。

病名とか余命とか死とか、そういうものを口にすることを避けたかった。

それでなにが変わるわけではないけれど、ささやかな抵抗だ。

弟が黙っている間に、私は言いたいことをまとめて伝える。

印鑑や通帳などの置き場所、加入している保険についてをまとめたメールを送っておくことや、急に倒れたときに連絡してもらうかかりつけ医について。

伝えておくことは事前に決めていたから、明瞭かつ淀みなく話すことができた。

「あとロコのことも、できれば世話を頼みたいの。私になにかあったとき、この子が困らないように」

最初に打ち明けるのが一番大変だったけれど、話してしまえば必要なことを頼むのはそう苦ではなかった。

ただ言いたいことを一方的に伝える形になったので、弟の反応はちゃんと確認していない。

ちゃんと聞いているのかどうなのか。私のお願いに対して多少はうなずくけれど、まだどこか呆然としているように見える。

「大丈夫？　たくさん言ったけど、あとでちゃんと文章にしてメールするから。お願いすることが多くて申し訳ないんだけど」

「それはいいよ。むしろ姉ちゃんが大丈夫なのかよ」

「心配しないで。今すぐ倒れたりするわけじゃないから」

「そうじゃなくて。なんていうか、俺も混乱してるのに姉ちゃんは受け入れられたのかと思って」

「うん。私は大丈夫」

本当に大丈夫なのかは自分でもわからない。

だけど大丈夫だと思っていたい。動揺して、取り乱したりしていない自分はきっとまだ大丈夫なのだと、信じていたい。

「だからロコのこと、お願い」

「わかった。ロコのことは任せてよ。久しぶりに一緒に暮らせるなら、俺だけじゃなくておふくろも喜ぶと思うし」

弟はまたロコをなでる。

ロコはずっとおとなしく、されるがままになっていた。

「おふくろには今の話、もうした？」

「ううん、まだ言えてない」

「内緒にしておきたいの？」

「そういうわけじゃないけど、どう話せばいいのかわからなくて」

あれだけ自分を心配してくれた人に、先に病気で死ぬなんて親不孝なことを面と向かって伝える勇気がどうしてもわいてこない。

「でも黙って姉ちゃんが、その、いなくなったら。おふくろ、怒るんじゃないかな」

「それもわかってるんだけどね」

自分が反対の立場だったら、知らせてほしかったと思うだろう。わかっているからこそ心苦しい。

「姉ちゃん」

弟の剛は昔と変わらず言葉に力を込めない。練習や試合で大声を出していた元運動部とは思えないほど、ふわふわとした話し方をする。

「姉ちゃんはもっと人を頼っていいんじゃないかな。たとえ姉ちゃん自身のことでも、なんでも一人でやらないといけないわけじゃないよ」

「そうなのかな」

「うん。姉ちゃんはなまじ器用だからさ、大抵のことは自分でやったほうがうまくできるんだとは思う。でも一人きりでずっと続けられることなんてないんだよ。どこかで誰かに頼ったり、任せたりしないと」

弟の言っていることは、なにも特別なことではない。

一人の人間にできることには限界があって、どんな物事にも終わりはある。永遠に続けられる事柄なんて一つもない。どれも当たり前のことだ。

だけど私がいつの間にか忘れてしまっていたことでもあった。

「姉ちゃんの病気については、タイミングを見計らって俺からおふくろに伝えるよ」

「うん、ありがとう」

「他になにか俺にできることはある？」

「今はそれだけで大丈夫。後々もっと迷惑をかけることになると思うから」

「いいよ、別に。できないことはできないって言うから、気軽に頼って」

弟はすっかり立派になっていた。

なんだか頼もしい反面、妙な寂しさも感じた。

しばし沈黙の時間が流れる。

弟は私に対して、慰めの言葉を口にしなかった。その気遣いが嬉しい。彼の中でまだ、私がもうすぐ死ぬという事実を処理できていないだけかもしれないけれど。

あたたかい日差しが降り注ぐ中、私たちは無言で空を眺めていた。白い雲がゆるゆると動く。周りには塗装の剝がれた遊具たち。なんだか懐かしい気分になる。

「じゃあ、そろそろ行くよ」

やがて弟は腕時計に視線を落としてから立ち上がった。

「あ、ごめんね。貴重な昼休みの時間に」

「全然大丈夫だって。とにかくなにかあったら、いつでも言ってくれたらいいから」

じゃあ、と言って弟が去っていく。

「剛」

とっさに私は弟を呼び止めていた。

なんとなく、私は自分の病状だけを話して別れたくなかった。

自分の両足で立ち、生まれ育ったこの町で、弟と明るく話す機会は、もしかするとこれが最後かもしれない。

それなら、最後になにか違うことを話しておきたかった。

「今でもサッカーは好き？」

わずかな時間考えて、絞り出したのはそんなつまらない質問だった。

けれど私にとって、弟とサッカーはほとんど同義語だ。サッカーを見れば弟を思い出すし、弟を見れば泥だらけのユニフォームを思い出す。

目の前にいる体格の良い筋肉質な成人男性に、あの頃の弟の面影を今よりも強く見つけたかった。

「うん。試合中継を見るし、休みの日は草サッカーをしてるよ」

そう答えながら弟は笑った。

その姿は子どもの頃と同じで、私はなんだか嬉しくなった。

＊＊＊

男爵の病室を訪れるたび、彼が手記を書き記しているノートは薄くなっていた。気に入らない記述を破り捨てているせいだろう。ノートのページは飛び飛びになっていて、元の半分ほどしか残っていない。

それでも男爵は一心不乱になにかを書いている。

僕はそのページをまたこっそりと覗いた。

うちの両親は善人で、愛情を十分に注がれていたと思う。

父も母も、よく心配していた。心配性だったに違いない。

自分のすることにも、よくあれこれ口を出していたことを覚えている。

学校に行けば、友達はできたのか。

進学すれば、部活はしないのか。

社会人になると、恋人はいないのか。

とにかく自分のすることを案じてくる両親を、当時はうっとうしく感じていた。

両親は年寄りだから価値観も古くていけない。

今どき結婚は絶対じゃないし、友達だってネット上ですぐにできる。職場の人間関係なんて終身雇用の時代じゃあるまいし、重視するようなものじゃない。今は一人でも十分幸せになれる時代だ。

そう思っていた。

でも、そんなのは健康な間にだけ言える強がりだったんだな、と今は思う。

父親が病死して、それから数年後に母親が死んだ。どっちもがんだった。天涯孤独の身になってみると、寂しさがこみ上げてきた。

つまらないオチだ。

一人で幸せになれる、と息巻いていた自分はずっと一人じゃなかった。

親が生きていてくれたから、そういう風に言えたんだとようやく気づく頃には自分も末期がんに蝕(むしば)まれていた。

まさか一家揃ってがんで死ぬことになるとは、笑う気にもなれない。

家族のいない人間というのは、社会では粗末に扱われる。

独身の人間には転勤も気軽に言い渡せるし、海外赴任だって誰かに気をつかう必要はない。会社員だった頃にそんな経験をしていたけれど、病人になっても同じ経験を味わうことになる。緩和ケア病棟に入院するのにはかなり手こずった。

死人に口なし。

あらゆるサービスは生きている人間のために稼働する。

遺族のいない人間というのは、この世でもっとも軽んじられる存在なのかもしれない。


そこまで書いて、男爵はページをめくる。

ちょうど良いので僕は数歩離れた。

また怒られる前に、あらためて挨拶をしておこう。

「こんばんは」

ノートに顔を近づけていた男爵は、ゆっくりと顔を上げる。

そして僕の姿を見ると、男爵はなぜか妙な顔をした。これまでに見たことのない、なにか困惑したような顔だ。

ドラマなら「僕の顔になにかついてる？」と言いそうなシーンだけど実際にあんなことを言っている人を見たことがない。

だけど男爵に対してはそう言いたくなった。まるでこちらを、宇宙人でも見つけたみたいな物珍しそうな顔をして見ていたから。

「まぁ、どちらでもいいか」

男爵は僕から視線をそらして、かすかにそうつぶやく。言葉の意味がわからなかったが、困惑しているうちに再びその目はこちらに向けられた。

「しばらく見ませんでしたね」

その声音はいつものように落ち着いていて、変わったところはない。さっきの妙な表情は僕の見間違いだったのだろうか。

男爵に指摘されて考える。ここに来るのはどれくらいぶりだろうか。時間の感覚が曖昧ではっきりとはわからないけれど、そう何日もは経っていないはずだ。

ここしばらくは病室を訪れても、男爵は眠っている時間のほうが長かった。だから多分、僕が来たことに気づかなかったのだろう。

だけどそんな指摘をしても仕方ない。

男爵の言葉通り、しばらくここには来ていなかったということにしておいたほうがいいだろう。

「バイトなんで不定期なんですよ」

「気楽そうで、うらやましいかぎりです」

以前なら多少はムカついていたかもしれない男爵の嫌味も、今は微笑ましいもののように感じられる。少なくとも腹を立てる気にはならない。

「手記の調子はいかがですか」

「それなりです。書けなくもない、といった感じですね」

男爵の顔色は以前に見たときよりも青白く、声も小さくなっていた。

薬が効いているせいで体調が良い、なんて風にこぼしていた頃とは比べものにならないくらい、体力が落ちているのがひと目でわかる。

「結局、思いつくままに書いています。大した内容ではありませんが」

「読ませてもらっていいですか？」

「完成してからなら、好きにしてください。今はまだダメです」

いつの間にか男爵の視線は僕からそれていた。

どこか、なにもない空間を見つめて、男爵はうわ言のようにつぶやく。

「ところで君、日中はなにをしてましたか」

「大学に行ってました」

「具体的には？　どの講義を受けて、昼食はなにを食べたか、思い出せますか」

「え、いや、すぐにはちょっと……」

男爵が僕の個人的なことについて尋ねてくるのはこれが初めてのことだ。てっきり他人に興味のない人だと思っていたからびっくりする。

「そうですか」

男爵はふぅっと息をつくと、そのまま静かに目を閉じる。僕の答えそのものには興味がないみたいなので、ますます質問の意図がわからない。

不思議な人だけど、だからこそなんだか気になる。男爵と話すのは、結構楽しいことだと再認識した。

僕はそれからも男爵の病室を訪れたけれど、会話のできない日が増えていった。男爵の病状が悪化し、体調を崩してしまったからだ。

奇しくも以前本人が希望していた通り、男爵はベッドの上で身動きが取れないような日々が続くようになってしまった。

僕が病室に入っても、男爵はそれに気づくこともない。額に汗をにじませて、苦しそうに目を閉じている。呼吸も荒い。

こんな状況でも、ベッド脇のテーブルにはノートが開かれていた。

内容を隠す余裕がなくなった今でも、少しずつ書き進めているのだろう。

文字の形はのたうつように崩れているけれど、まだ読み取ることができた。


子どもの頃、サンタクロースに憧れていた。

良い子にプレゼントを届ける、まるで魔法のような存在。

月並みな話だけど、人生は循環だ。

子どもは食事も睡眠も身繕いも、一人では満足にできない。その人が大人になっている以上は、必ずどこかでその子を慈しみ、育ててくれた人がいる。金持ちも貧乏人も例外なく。

だから人は寂しいという感情を持つ。

一度でも寂しくなかった時間があるから、そういうものを感じる。

そんな風になにかを与えられてきた子どもは、大人になったら与える側に回る。

ちょうど、サンタクロースのように。

サンタクロースからプレゼントをもらった子どもが、成長してサンタクロースになる。直接子孫を残すかどうかという問題じゃない。他人や社会になにかを還元できていれば、それで十分だった。

自分にはそれができなかった。

両親や周囲から与えられたものを、当然の権利だと思って受け取るだけだった。誰にも分け与えてこなかった。

その結果が今の孤独だと思えば、仕方ない。

仕方ないけど、寂しいとは感じる。

この寂しさだけが、かつて自分が誰かに愛されていた証明だ。


開かれているページに書かれた文字をすべて拾う頃には、男爵はかすかに目を開けていた。

「これを書いたら、次は幽霊の話を書こうと思ってます。病院をさまよう、怖くない幽霊の話」

男爵は挨拶も皮肉もなしに、息のまじった消えそうな声でそう打ち明けてくれた。

僕はつとめて普段通り、笑って軽口を叩く。

「幽霊はいないって言ってませんでしたか？」

「矛盾が多すぎると言っただけです。その問題点を解消すれば幽霊がいたって別に構いませんよ」

「たしか、幽霊の数と場所が問題でしたっけ」

「はい。その二点さえ解消されれば、幽霊でもなんでも文句はありません」

男爵が前に語った幽霊に対するクレームはこんな感じだった。

まず、死んだ人間が幽霊になるなら、その数は膨大でなければ辻褄が合わない。未練なく死ぬ人間なんていないはずだから。

それと、幽霊になってまでずっと病院にいるのはおかしいという点。死ぬまで病院で過ごしたなら、外に出ていきたくなるはずだと言っていた。

おそらく男爵が描く幽霊の物語では、そのあたりの問題が綺麗に解消されているのだろう。

「その物語に出てくる幽霊は自分がそうであることに気づいていない。だから生きていた頃と同じ日常を続けるんです。淡々と。そこには笑いも感動も、教訓もない。取るに足らない話ですよ。そういうのが一番いい」

その目はすでに僕ではない、遠くの世界を見つめていた。

僕はベッドの近くにあった丸椅子に腰掛けて尋ねる。

「それで、幽霊は最後どうなるんですか」

「どうにもなりません。いずれ自分が幽霊であることに気づいて、本来いるべき場所に戻るだけです」

「じゃあ他にはどんな幽霊が登場するんですか」

「幽霊はその一人だけですよ。死んだ人間がみんな、幽霊になるというわけではありません」

「そう言ってましたね。なら、どういう人が幽霊になるんですか」

「教えません。ネタバレになるので」

すぐにそう言って、男爵はふっと口元の形を変えた。多分笑ったのだと思う。

息も絶え絶えで、話すのも苦しそうなのに、それでも男爵の言葉はこれまでと変わらない。

そのひねくれた言葉が、僕はいつの間にかずいぶん好きになっていた。

「その幽霊には一つだけ、本人も気づいていない秘密があるんです。今はまだ誰もそれを知らない」

幽霊の結末は読んでからのお楽しみということなのだろう。

「いいですね。楽しみにしています」

男爵はまた小さく笑ってから、ゆっくりとまばたきする。

もう二度と目が開かないいんじゃないかと、不安になるくらい長い時間をかけて、男爵はもう一度目を開いた。

「もう少しで、あのつまらない手記は書き終わります。そうしたら、君に届くように準備しておきますから」

「ありがとうございます。必ず読んで、感想を伝えに来ますね。約束します」

「約束ですか。懐かしい言葉です」

冗談でも聞いたみたいに、男爵は鼻から息をもらす。

「すべて書き終わるまで、死ぬわけにはいかない」

そのまま男爵は目を閉じて、ゆっくりと寝息を立て始めた。僕はそっと病室をあとにする。

これが僕と男爵が交わした最後の言葉で、男爵と会ったのもこの日が最後になってしまった。

次に僕が病室を訪れたとき、男爵はもういなくなっていたからだ。

広い有料の病室はすでに掃除され、私物はすべて撤収されていた。男爵が浪費して集めた絵画を模したポスターも、置物も、そしてあのノートもすでにない。

僕は一人、空っぽの病室で考える。

いつかあのノートを読める日が来るのだろうかと。

＊＊＊

ロコは子犬の頃からほとんど吠えない犬だった。

もしかしたら耳が聴こえないのか、と心配になるくらいだったけれど、病院で診てもらった結果は異常なし。獣医さんいわく、本人の性格とのことだった。

吠えなくても感情表現自体は豊かで、おやつが欲しいときには台所で籠城の構えを取るし、動物病院に連れて行こうとすると岩のように動かなくなる。散歩は好きで、声をかけると先に玄関で待っている。総じて賢く聡い子だ。

今までにロコがはっきりと吠えるのを聞いたのは、一度だけ。あれは一人暮らしを始めたばかりの頃だった。高熱で朦朧としていた私を心配するように、まるで意識を確認するみたいにして一度だけロコは吠えた。

その声に私はすごく安心したことを覚えている。自分がそばにいるよ、と言ってくれているみたいで心強かった。

あの声だけは今でもずっと耳の奥に残っていて、忘れられない。

この子はきっと、大事なときだけは吠えて私に知らせてくれるのだと、そのとき確信した。

ロコがうちに来てから、離れて暮らしたことは一度もなかった。別れて暮らすのは、これが最初で最後だ。いよいよ入院となるまでは、実家に会いに来るつもりだけど、それでも一緒に暮らせないのは寂しい。

私は実家を離れる前にロコを強く抱きしめる。

ふわふわの毛ざわりも、歳の割にあどけない顔も、じわりとあたたかい体温も、自分が死ぬまで忘れないように刻みつけた。

ずっといっしょに暮らせなくて、

「ごめんね」

今まで、

「ありがとう」

どうか少しでも長く、

「元気でいてね」

すべて言葉にすると泣いてしまいそうだから、伝えたいことの半分は胸の内で唱えるだけにしておく。

私が一人で車に乗り込むのを、ロコは実家の窓から静かに見ていた。一緒に帰ろうとはせず、ただじっと丸い瞳でこちらを見ている。

ロコはきっとなにもかもわかっているんだ。そう思うと余計に悲しくて、申し訳がなかった。

帰り道は一人だ。

そのせいか、車内は来るときよりも寒かった。

この寒さはこれからずっと感じていくものなんだろう。そんな予感がある。車も、いつも散歩をしていた道も、アパートの中も、二つあった体温が半分になったのだから当然だ。

数時間、必死で運転してアパートへと帰り着く。

無駄に清潔で、荷物の減った、ひんやりとするリビングで私は大の字に寝転んだ。

掃除をして、ホコリ一つないはずの床にはまだロコの毛が落ちている。

ロコが落としたものかもしれないし、私の服についていたものかもしれない。指先でそれを集めていると、自然と笑顔になれた。ロコはそばにいなくても、私を温かな気持ちにしてくれるみたいだ。

長いようで短い、実家への帰省を済ませた。

これでまた、死ぬまでにやるべきことを終わらせることができたはずだ。

私が死ぬことは家族にも、職場にも、そして他人にも迷惑をかける。

でも同時に、どこかで見切りをつけることは大切だ。

弟も言っていたように、ずっと続けられることはない。自分が持っている役割は、いずれ誰かに委ねなくてはならない。

私はもっと他人を信用する必要がある。

家族としての私は、もう終わる準備ができた。

だとしたら次は——

そう考えていると、携帯電話が鳴った。相手が今ちょうど頭に思い浮かべていた人で、ちょっとだけびっくりする。

通話ボタンを押すと、彼女は一気に話し始めた。

『あ、倉田先輩。お休み中にすいません。先輩が前に食欲ないって言ってたのが気になってて、その後病院には行きましたか？』

職場の後輩、新人の瀧本さんはどうも私のことを心配してくれていたようだ。

「大したことはなかったよ。でもいい機会だから有給消化で、羽を伸ばしてたの」

『なら良かったです。お休みの邪魔しちゃいましたね』

「大丈夫。明後日には職場復帰するから、また一緒に働こう」

看護師としての私が死ぬ前にやるべきこと。

その一つは間違いなく、瀧本さんの新人研修を無事に終えることだった。

＊＊＊

空になった病室を見れば、そこの患者さんがいなくなったことはわかる。だから男爵はもうこの世にいない。あれだけ本人が言っていたのだから、幽霊になったわけでもないのだろう。

「どうしたの？」

病室の読書家さんは、パタンと本を閉じた。

「浮かない顔をしてるね」

「知ってる人がまた亡くなったんです」

僕がバイトを始めて、親しく接してくれた患者さんの中で、病室に残っているのはもう読書家さんだけだ。

「その人、以前は死ぬのが怖くないと言っていたんです。だけど僕が軽はずみな提案をしたせいで、その人は『死ぬわけにはいかない』と言いながら亡くなりました」

「それは不幸なことだと思う？」

「悲しいことではあると思います」

いつ死んだって同じだ、と言えるほど自分の人生に対して投げやりなことが幸せだとは思いたくない。

でも、死にたくない、と言えるほど自分の命に愛着を持ったまま、志半ばで死ぬことが幸せだとも信じきれない。

「あなたは――」

読書家さんがなにかを言いかけたときに、扉がノックされて看護師さんが入ってきた。ピンクの時計の看護師さん――瀧本さんだ。

「倉田先輩、まだ起きていらっしゃったんですね」

これまでに聞いたことがないくらい親しげな様子で、瀧本さんは読書家さんに声をかけた。

先輩、と呼んだということは二人は以前から知り合いだったようだ。

たしかに読書家さんは以前看護師をしていたと話してくれたことがある。この病院で働いていたのだとは思わなかったけれど。

読書家さんはどこかバツが悪そうに、僕の方を見て微笑んでいた。

四章　そして最後の夜が来る

誰にでも初めてのことはあって、どんな熟練したプロも最初は初心者だった、という話はよく聞く。

それと同じように、誰にでも最後はある。

身体を鍛えた屈強な人にも、頭脳明晰な知的な人にも、世間に名を轟かせた大天才にも、必ず終わりは訪れる。

止まない雨がないのなら、陰ることのない晴天もない。

命が始まったからにはやがて終わる。

早いか遅いかの違いはあるとしても、それだけは絶対だ。

「そうだったの」

私が退職願を出したときに、看護師長の大竹さんは気遣うように私の目を見た。

「今の体調は？」

「なんともありません。大丈夫です」

元々自覚症状はさほどなかった。現時点では働く上で支障をきたすことはない。

仮にがん治療を始めるとしても、予約などの関係で今すぐに入院してどうこうという話ではなかった。

それなら十二月いっぱいは働いて、それから退職することにした。ちょうど年末で区切りもつけやすい。

　わざわざ言って回るようなことではないけど、もしものことがあれば迷惑をかけることになる。

　だから看護師長にだけは話を通しておくべきだと思った。

「一応、内緒にしておいてください。気をつかわせたくないんで」

「わかった。でも無理はしないで。困ったことがあれば、言ってくれたらいいから」

「はい、ありがとうございます」

　看護師長はまだなにか言いたそうにしていたが、結局それは具体的な言葉にはならなかった。


「倉田先輩」

　瀧本さんにそう呼ばれて、私は振り向く。

　教育係を始めた当初は先輩と呼ばれることに慣れなかったが、今はもうすっかり馴染んできた。

「しばらくお休みされてましたけど、大丈夫ですか？」

「うん、ありがとう。全然平気だよ。むしろ休み明けで元気なくらい」

「なら良かったです」

有給中も心配してくれていた瀧本さんは、私の嘘に安堵の表情を浮かべた。あらためて良い子だな、と思う。

「そうだ。これ、見てください」

瀧本さんはそう言って、胸ポケットから白い時計を取り出した。

「今までデジタルの腕時計を使ってたんですけど、先輩の真似してみました。こっちのほうが衛生的ですよね」

「それはいいんだけど、止まってない？」

じっと文字盤を眺めているけれど、秒針はぴくりとも動かない。

「え、あれ？　通販で買ったばっかりなのに」

「耐久性は使ってみるまでわからないよね」

念のため、自分の時計も取り出して、壁掛け時計と見比べる。時計の針は今日も狂いなく時を刻んでいた。

十年以上使えているこのナースウォッチは引きが良かったのだろう。

長く使ってきたが、今後も付き合っていけるわけじゃない。

ふと思いつき、私はナースウォッチを服から外して瀧本さんに手渡す。

「使い古しで良かったら使って。頑丈だから」

「いいんですか？　ありがとうございます。でも先輩はどうするんですか？」

「予備を使うよ。色違いがあるから」

壊れたときに備えて、予備はいつも用意してある。使うのは初めてだけど。

「ありがとうございます、大事にします」

ピンク色の時計を手に、瀧本さんは嬉しそうに微笑んだ。

これでまた一つ引き継ぐことができた。

窓の外を見下ろす。道を歩く人たちはみな厚いコートと防寒具を身に着けて、普段よりも足早だ。

窓越しでも寒さが部屋に入り込んでくる十二月十四日。

私がこの病院を辞めるまで残り、およそ二週間。

＊＊＊

「その時計、まだ使ってくれてたんだ」

点滴の交換をしている看護師の瀧本カナさんに、読書家さんはそう声をかける。

落ちる雫と手元の時計を何度も見比べていた瀧本さんは、視線をそのままに返事をする。

「先輩からもらって、もうすぐ一年になりますね。今でも毎日お世話になってます」

「役に立ってるなら良かった」

話の流れからして、瀧本さんと読書家さんは以前同僚だったようだ。

看護師をしていたと以前聞いたことがあるけれど、読書家さんはまさにこの緩和ケア病棟で働いていたのだろう。

「それじゃあ先輩、また見回りに来ます。休んでくださっていて構いませんからね」

「うん、ありがとう」

瀧本さんがそっと病室から出ていく。

時刻は午後九時過ぎ、電気の消えた病室はとても暗い。

暗闇の中で読書家さんがつぶやく。それはここを辞めてからそれだけの時間が経ったということなのだろう。

「もう、一年か」

部屋の隅にいた僕は、ベッドのすぐそばまで歩み寄る。

「看護師をされていたのって、ここの病院だったんですね」

「そうだよ。だから、実は前に君のことを見かけたことがある気がしていた」

「僕がここでバイトを始める前にですか？」

「そう。一度だけね」

僕は気づかなかった。

でも、そうか。

この緩和ケア病棟で働いていた看護師さんなら、入り口近くでウロウロしている僕のことを一度くらいは見ていても不思議ではない。

母の見舞いに来たけれど、結局病棟内に足を踏み入れることができなかった、情けない姿を。

「松本亮くんだよね」

僕は久しぶりに自分の名前を呼ばれて、ゆっくりとうなずいた。

僕のことを名前まで知っているということは、読書家さんは母のケアをしてくれた看護師さんの一人なのだろう。

「あなたにこうして会えたのは、私にとって幸運だったと思う」

世の中には運で左右されることがとても多い。くじ引きの結果なんかは当然だけど、生きるか死ぬかも運次第だ。

母は毎年きちんと健康診断を受けていたが病気で亡くなってしまった。不健康な生活を続けていても長生きする人もいる。

読書家さんは僕と会えたことを幸運だと表現してくれた。

でもこの偶然は、僕にとって幸運なのか不運なのかはまだわからない。

「あの日、君がどうしていたのか、ずっと訊きたかったの」

あの日。

読書家さんの言うそれは母が亡くなった日のことを指しているのだろう。

僕は結局病室へは行かなかった。

それ以前からそうだった。僕は母と会うのを避けていた。

元々母親は役者をしていて、実際に顔を合わせるよりも画面越しにその顔を見ることのほうが多かった。

父を亡くし、僕を一人で育てるためには相応のお金が必要になる。だから母は必死で働いていたのだと、当時から理解はしていたつもりだ。

だけど時々しか顔を合わせない母親と、どう接すればいいのかわからなかった。

それでも別にいいと、当時は思っていた。

母のことが嫌いだったわけじゃない。ただ気まずかっただけで、これもいつか時間が解決してくれるだろうと思っていたから。

なのに母は病気で入院してしまった。

健康体の母でさえ、どう接したらいいのかわからないのに、病人となった母なんてもっとわからない。

なにかをすれば母を傷つけてしまうかもしれない。

そう思えば思うほど病室は遠く感じられた。

いや、これも結局は言い訳か。

「僕は逃げたんです」

母親が死ぬという現実を直視することが怖かっただけだ。それ以外の理由なんてあとから適当にくっつけたものでしかない。

元気で、明るくて、いつも笑っていた母の姿だけを覚えていたかった。病床で弱りきった姿を見るのが恐ろしくてたまらなかった。

だから自宅でうずくまって、母の最期が過ぎ去るのを待った。そしてその希望通り僕は母の死を直視せずに済んだ。棺桶（かんおけ）で眠る母の姿を見ることも避けて、結局骨になるのを待った。

でも逃げても逃げても、罪悪感は消えない。

母とのことで思い出せるのは口答えしたことや、約束を破ったことばかりで、もう少し思いやりのある行動ができなかったのかと後悔した。

どうしてもっと優しくできなかったのか。自分のわがままばかりを押し通そうとせず、もっとなにかしてあげるべきだったんじゃないかと、不意に考えてしまう。

こんなことじゃダメだと思ったときに、この病院でのバイト募集を見つけた。

母が最期の時間を過ごした場所。

そこに日常的に通えば、あるいは平気になるかもしれない。恐怖も罪悪感も消えて、人の生き死にに慣れるかもしれない。

だけど結局効果はなかった。

今でもこの病院にいるのがつらい。余計に母のことを思い出してしまうから。

「君はあの日のこと、ちゃんと知っておいたほうがいいと思う。だって」

そこで言葉をつまらせた読書家さんは苦しそうに何度か浅い呼吸を繰り返す。表情からも息苦しさが伝わってくる。

「わかりました。明日、聞きますから。とにかく今は休んでください」

「ううん。明日なんて、私にもあなたにもあるかどうかわからないでしょう。だから最後まで聞いて。時間はかかるだろうけど、きっと話すから」

固い決意を感じさせる口調で、読書家さんは断言した。

僕にはどうすることもできない。

あのときと同じだ。

ただ怯えて、どこかに逃げ出したくて、震えていることしかできない。

あの日と決定的に違うのは、もはや逃げることさえできないということだけだ。

僕にはこの人の話を聞く義務がある。

「伝言があるの」

読書家さんはゆっくりと、その日のことについて語り始めた。

＊＊＊

「もうすぐクリスマスだよね」

不明瞭な滑舌と、苦しい呼吸の中で、松本さんは私にそう尋ねてきた。

十二月二十日の昼は天気が悪くて、冷え込む。

太陽の場所はわからず、暖房をつけていても松本さんの身体は冷たかった。吐く息にさえ熱を感じなくなってきている。

「そうですね。息子さんのクリスマスプレゼントは決まりましたか」

秋頃からずっと松本さんはそのことを気にしていた。

だけど決まらなかったようで、松本さんはかすかに首を振る。

「私もインターネットで調べてみたんですけど、イヤホンとか普段から使えるものが喜ばれるみたいですよ」

「あの子、昔から音楽は好きだった。古い曲ばっかり聞いてるみたいだけど」

息を吸うたびに喉の奥が音を立てる。

「きっと来ないと思う」

それが息子さんの話だとすぐにわかった。

「亮は優しいけど、怖がりだから。それに私も、どうせならいつまでも綺麗な母親で覚えていてもらいたいし」

息子さんについて話すときの松本さんはどんなに具合が悪くても、いつも明るい口調だ。自分のとても大切なものを愛(め)でるように、どこかくすぐったそうに目尻にシワを作って話す。

「だけど、もしもあの子がお見舞いに来るようなことがあったら、伝えてくれる？」

松本さんはそこでひゅっと喉を鳴らした。呼吸がうまくできなかったのかもしれない。

私はより一層近づき、松本さんの小さな声を聞き逃さないように耳をすませた。

「長生きしなさい、って」

きっと他にも色々と伝えたいことはあったのかもしれない。だけど今の松本さんが言葉にできたのはそれだけだった。

「わかりました。ちゃんと伝えられるようにスタッフで共有しておきます」

「ありがとう」

疲れたのか、額に汗をにじませている。私がそれを拭うとまた「ありがとう」と繰り返した。

「言葉だけじゃなくて、もっといいプレゼントを残せたら、良かったんだけど」

独り言のようにつぶやいた言葉は、語尾が甘く消えていく。

そのまま松本さんはまた眠ってしまったようで、目を閉じて深く大きな呼吸を繰り返すようになった。目尻に浮かんでいる涙を、起こさないようにそっと拭う。

松本さんはもう長くない。

看護師として積み重ねてきた経験が、直感として告げてくる。残された時間はあと数日とないだろう。

それは私にとっても同じだ。

あと一週間ほどで看護師としての私は終わる。

松本さんはきっと私が看取る、人生最後の患者さんになるだろう。

そのときには、息子さんである亮くんもこの病室に来てくれたらいい。そのことをきっと松本さんは望んでいるはずだと、私は感じていた。

けれど、それは叶わないまま時間は過ぎていく。

そしてついに、その瞬間が訪れてしまった。

私が松本さんから伝言を言付かった、ほんのすぐあと。医師の診察によって、私はご家族に来てもらうよう連絡することになった。

危篤状態、と言われても松本さんの様子に大きな変化はない。汗をかいたり、痛みを訴えることもないまま、ベッドでただ眠っているように見えた。

だけど急速に命が失われようとしていることがわかる。ご家族の到着は間に合わないかもしれない。

ベッドのそばには私と主治医の高橋先生、そして瀧本さんの三人しかいなかった。

「大丈夫ですよ」

瀧本さんが優しく声をかける。

松本さんの手を握り、祈るように目を閉じる。

「私たちはここにいます。ご家族もすぐに来てくれます。だから大丈夫ですよ。安心してください」

松本さんの呼吸は深く、痰がからむような音がする。その回数が少しずつだけど、減っていく。

吸って、吐いて。

それを繰り返すうちに、空気だけでなく松本さんの中にある生命のようなものも外に流れ出していっているようだった。

それから数分後。

到着した松本さんの両親の前で、高橋先生が死亡確認をした。

＊＊＊

「これが私の、看護師だった頃の最後の看取り」

途中で短い休憩を挟みながらも、読書家さんは最後まで話し終えた。

「ずっと松本さんの言葉をあなたに伝えられなかったことが、心残りの一つだった」

僕は母の死に際にも駆けつけなかった。それからもバイトを始めるまで病院には近づいていない。だから伝言を受け取る機会はなかった。今までは。

「そしてそれを、あなたに伝えることができて、良かったと思う」

——長生きしなさい。

そのシンプルな一言はたしかに母らしい言葉だった。嫌味も深い意味もない。ただ言葉通りの意味だ。

母はきっと僕の中にある迷いや罪悪感もすべて見抜いていたのかもしれない。だから最後に、僕の重荷を取り除くような言葉を遺した。

僕が生きていることに後ろめたさを感じることさえ、きっと母にはわかっていたのだろう。

そういえば母はずっと、そういう人だった。

僕の弱さを責めることなく、優しく見守ってくれていた。

忘れていたわけじゃない。

でも思い出さないようにしていた。だけど今は自然に、母と笑顔で過ごした時間がよみがえってくる。

にじむ涙をどうにかこらえて、僕は読書家さんに頭を下げる。

「ありがとうございました」

こんなことを言う資格はないかもしれないけれど、母が一人で旅立ったわけじゃないと知って安心した。それだけで身体の力が抜けていくようだ。

「僕は多分それを知るためにここに来たんだと思います」

きっとこれで次の場所へ進める。

そんな確信があった。


翌日の昼間。

僕はまだ読書家さんの病室にいた。どうも自分の感覚はあてにならない。

読書家さんは眠っている。明らかに眠っている時間が長くなっているのが僕にもわかる。それがどんな予兆なのかも。

廊下に出て、ナースステーションへ向かう。看護師さんとすれ違うたびに会釈をするけれど、返してくれる人はいない。以前は違和感を覚えたけれど、もう不思議には感じない。

「犬って、病室に連れてこれますか？」

ナースステーションではカンファレンスが行われているようで、看護師さんとお医者さんが固まって話し合っている。

そんな中で先ほどの提案をしたのは、瀧本さんだった。

「場合によるけど、どうして犬？」

メガネをかけた白衣の男性が尋ねる。多分お医者さんだ。胸の名札には『高橋』と書いてある。

「先輩、じゃなくて……四〇九号室の倉田さんは以前ワンちゃんと暮らしていたと聞いたことがあるので、きっと会いたいと思うんですよ」

「病院に連れてくるのは難しいかもね」

苦い表情をしているのは看護師の中でも風格のある女性だ。名札には『大竹』と書かれている。

「倉田さんが飼っていたワンちゃんの犬種は知ってる？」

「いえ、話に聞いただけなので」

「ゴールデンレトリバー、つまり大型犬なの」

病院というのは基本的に抵抗力の下がっている人が集まる場所なので、動物を連れて入れない。

でも緩和ケア病棟では、ペットとの面会自体は禁止されていない。それは母が入院しているときに、パンフレットで読んだ。

完全個室の病棟だから他の患者さんへの影響は最小限に抑えられるし、家族同然のペットとの時間は患者さんにとって心身ともに良い影響を与えるのだろう。

だけどそれはケージに入るような大きさの動物だけ、という注釈がついていた。立ち入りには制限がかかっているのだろう。

「せめて駐車場でなら会えませんか？」

「うーん……」

瀧本さんの提案に、医師の高橋先生はボールペンを額に当てて唸った。

「今の状況で病室から動かすのは厳しいですね」

やはり読書家さんの体調は思わしくないようだ。

「ならビデオ通話とかどうですか？　においとか伝わらないけど、それでも喜んでくれると思うんです」

「それならいいんじゃないですか。ご家族に提案してみてください」

カンファレンスは続いている。僕はナースステーションを離れて、読書家さんの病室へと戻る。

廊下をのんびりと歩く僕を見咎(みとが)める人は誰もいない。

だから、どうでもいいことを考えてしまう。

地球最後の日になにをするか、子どもの頃に考えたことがある。思い切り遊んで、おいしいものを食べて、というようなありきたりなことを思い浮かべていた。

そんな陳腐なことを考えることができるのは、少なくとも今日がその日ではないという前提があるからだ。

死は劇的で、鮮烈で、なにか特別なもののように思っているからこそ、当時の僕はそれを遠いものだと信じていた。

けど実際は静かで、ひっそりと、気づかないくらい自然に、すぐそばまで近づいてくるものなんじゃないかと。

今はそんな風に思っている。

「おかえりなさい」

読書家さんの病室に戻ると、そう声をかけられた。どうやら目を覚ましていたようだ。

「どうかした？」

よほど僕は変な顔をしていたのかもしれない。読書家さんに心配されてしまっている。これ以上迷惑をかけるのは本意ではないけれど、こうなったら恥もなにもない。

「色々とおかしなことがあると思っていて」

答えはもう出かかっている。だけど合っているかどうかを確認する意味でも、誰かに聞いてほしかった。

「僕はここになにをしに来てるんでしょうか」

「バイトって言ってたよね。売店の配達の」

「でもしばらくの間、荷物を運んだ覚えがないんです」

「そうだね。配達はいつも濱田さんが来てくれているから。君が最後に荷物を持ってきてくれたのは、二ヶ月前……十月の半ばくらいじゃないかな」

それがまずおかしい。配達でもないのに、どうして僕はここにいるのか。

振り返ってみれば違和感はいくつもある。

思えば男爵も僕のことを不審がっていた。昼間の行動について尋ねてきたり、幻でも見ているような態度だった。

それより以前は病院の休憩スペースでローファーさんと話したことがある。

だけどあのときも今も、看護師の瀧本さんは僕の存在に一度も気づいていないようだった。

病室を訪れる道中、ナースステーションに挨拶をしても会釈すら返してもらえていない。

それは忙しくて無視されているのではなく、そもそも見えていないし、聞こえてもいなかったとすれば納得できる。

僕は必死に思い出した。

たどり着いたのは、夜にバイクで走っていた日のこと。

あの日、僕は事故に遭って、そして——。

「死んで幽霊になった？」

考えを先読みしたように読書家さんは言った。

「考えすぎだよ」

「でもそれだと色々説明がつくっていうか」

「私ね、幽霊はいると思う。だけどそれは、あなたみたいなのじゃない」

妙に確信めいた発言だった。

「じゃあ僕はなんなんでしょうか」

「多分、私の話し相手。そのためにここにいるんだと思うよ」

ふう、と読書家さんが息をつく。

読書家さんの言葉には説得力がある。

仮に僕が幽霊だとして、化けて出るほどの強い意志が自分にあったかと言えば答えは否だ。生きることに執着していたわけでも、生きて果たさねばならない役割があるわけでもない。

今ここにいるのがなにかの偶然なのか、宿命なのかはわからない。

考えてもどうにもならないなら、状況が変化するまではジタバタしないほうがいいだろう。

僕は窓辺に寄りかかる。

窓の外には駐車場が見えて、空からはひらひらと雪が舞っていた。

「なら、話し相手として一つ訊かせてください」

「なに？」

「どうしてこの病院に入院したんですか？　ご家族やご実家の近くの病院にしたほうが良かったと思うんですけど」

「うーん……どうかなぁ。私、家族や友達には弱った姿を見せたくなかったの。でも一人は寂しいとも思ったから」

「それで元の職場に？」

「うん。知ってる人に看護されるのは恥ずかしいし、居心地が悪く感じることもあるのはわかってた。それでも、ここに戻ってきたかったの。ここにいれば、働いていたあの頃に戻れるような気がしていたから」

「良い職場だったんですね」

「長く働いたからそう感じているだけかもしれないけどね」

人の心は複雑で、明確な答えにならないこともある。その中でもわかりやすく教えてもらえたと思う。

「ねぇ。今度は私の話を聞いてくれる？」

「もちろん」

「私、本当はね、怖いの」

それは今までになく、弱った声だった。

雪の降る曇天が影響しているのか、それとも体調の悪さによるものなのか。

読書家さんの様子は以前とは違っている。

「事故や災害に比べたら、死ぬまでに猶予があるだけは恵まれてる。もっとひどい病気で亡くなる人もたくさん見てきた。それに比べたら私はまだ良いほう。これ以上望むのは贅沢だって。わかってる」

声を出すたびに喉がひゅっと鳴る。

苦しそうなのに、それでも意識がある間は話し続ける。まるで黙ってしまうことを恐れているみたいに。

「わかってるのに、ずっと怖くて、不安で。まだ死にたくなくて」

乾いた唇がかすかに震えている。

「死ぬのが怖い」

短く明瞭な言葉で、読書家さんはつぶやく。

こんな風に弱音を吐く姿を見るのは初めてで、僕は驚いてしまう。

読書家さんはそのまま眠ってしまったようで、部屋にはかすかな寝息だけが聞こえていた。


その日の夜。

廊下に出て、ナースステーションへと向かう。ちょうど瀧本さんが固定電話での通話を終えたところのようだった。

「先輩のワンちゃん、今朝方亡くなったそうです」

「そう」

顔面蒼白の瀧本さんとは対照的に、大竹という名札をつけた看護師さんは落ち着いていた。もしかすると予測していたのかもしれない。

「もうずいぶんな高齢だって前に聞いてたから、もしかしたらとは思ってたけど」

「先輩には伝えないでほしいと、弟さんに頼まれました」

「そうね。それがいいと思う」

読書家さんにショックを与えないための判断なのだろう。

「弟さんがこちらに駆けつけてくれるそうです。遠方なので数時間はかかるみたいですが」

「わかった。じゃあよろしくね」

「はい」

話し合う二人の表情はどちらも硬く、暗い。できるだけ表に出さないようにしているのはわかる。それでもにじみ出る感情が見えるようだった。

病室に戻って、しばらく僕は読書家さんのそばにいた。

医師でも看護師でもない僕には詳しい病状はわからない。だけど危篤なのだろう。

もうすぐ長い夜が来る。

暗闇が読書家さんを覆ってしまう前に、なにかできることはあるのだろうか。

　そのときそっと扉が開いて、看護師の瀧本さんが入ってきた。読書家さんが眠っていることを察すると、黙って点滴を交換し始める。

「瀧本さん」

　その背中に読書家さんが声をかけた。

「ごめんなさい、起こしちゃいましたね」

「ううん、大丈夫。それより、前に話したことを覚えてる？　私との約束」

「覚えてますよ。私がこの仕事のやりがいを見つけたら、教えるってやつですよね」

「答えは見つかった？」

「少しだけ」

　瀧本さんは優しく微笑んで、読書家さんの枕元でかがんだ。

「私、先輩がいなくなってからの一年で色んな経験をしました。ありがとう、と感謝されることもあれば、力になれず悔しい思いをしたこともあります。看取りって優しくて穏やかなものだけじゃないんですね」

　瀧本さんはゆっくりと、聞き取りやすい声で話す。

　読書家さんは緩慢な動きでまばたきを繰り返しながら、その話に聞き入っているようだった。

「病気が進行するにつれて、人が変わったようになる患者さんもいました。怒って、暴れて、誰のためになにをしているのかもわからなくなったり。できるだけのことはするけれど、きっとこういうことはゼロにはならないと思うんです」

たしかにそうだ。

医療スタッフが努力をしても、医療が発展しても、死は消えない。痛みも苦痛も、まったくのゼロになることはない。

「でもゼロに近づけたい。人の死も、悲しみも、痛みも、決してなくならない。だけどそれを少しでも減らして、ゼロに近づけること。うまく言えませんけど、それが私のやりがいです」

「そっか。それが聞けて良かった」

それだけ言い終えると、読書家さんは目を閉じた。

そのまま深い呼吸を規則的に繰り返す。

「おやすみなさい、先輩」

読書家さんの手を布団に戻すと、瀧本さんは優しくそう声をかけて病室を出た。

病室に残された僕はそこでじっと立ち尽くす。

不思議な予感があった。

時計の針が静かに進む。

寄せては返す波のように、呼吸だけが病室でゆっくりと響く。

だけど潮が引いて波の音が小さくなるように、呼吸の音は少しずつ少しずつ聞こえなくなっていく。

僕はそばにひざまずいて、その様子を見届ける。

読書家さんは死ぬのが怖いと言っていた。

どうかその恐怖が、不安が少しでも和らぐといい。そう強く祈っていた。

読書家さんの呼吸がどんどん少なく、遅くなっていく。何秒もかけて吸い、何秒もかけて吐く。鼓動が止まる瞬間が目に見えるかのようだ。

静かな病室で読書家さんの呼吸にだけ耳をすませる。

あと数回できっと呼吸は止まってしまうだろう。それまでになにか、読書家さんの不安を取り除くことができないか。僕はそれだけを考え続けていた。

そのとき——。

犬の鳴き声が聞こえた。

りんと鈴がなるように軽やかで甘く、それでいて遠くまで響くような力強さのある声だ。それが一度だけ聞こえた気がした。

でも病室は静かで、当然犬なんていない。

だけどたしかに迎えに来たのだと、僕は確信した。

その旅路が幸福に満ちていることを。

僕は祈る。

病室は静かだった。呼吸の音さえしない。

身体はベッドに横たわっているけれど、読書家さんはもうここにはいない。

そして、僕も目を閉じた。

ここからいなくなるために。

＊＊＊

十二月三十一日。

退職するその日も私は普段通りに働いた。

新人の瀧本さんとともに業務を行い、患者さんに挨拶をして、同僚とも情報交換を行った。

そうしていると明日もまた普通にここへ来るのではないかと、自分でも錯覚してしまうくらい、普段通りだった。

そして午後五時過ぎ。

「お世話になりました」

唯一事情を知っている看護師長の大竹さんに、私はあらためて挨拶をする。

瀧本さんはすでに帰宅した。

私の病気についてなにも知らせなかったのは申し訳ない気がするけれど、いずれは伝えることになるだろう。でもそれは今ではない。

私も大竹さんもすでに着替えを終え、病院の外へ向かう。私たちはどちらも車で通勤しているため、駐車場までは一緒だった。

「こちらこそ、今までありがとう」

大竹さんは白い息を吐く。その耳と鼻は寒さで赤くなっている。

なんとなく厳かな空気になってしまい、居心地が悪い。もっとあっさりここを離れるつもりだった。

せめてなにか違う話をしよう。

同僚として大竹さんと交わす会話を、これで終わりにしたくない。

二人で渡り廊下を通り抜けるとき、ふと中庭の桜の木が目に入った。

中心にそびえ立つ十月桜の木はすでに花を散らし、一見すると桜の木かどうかわからない。花と葉の代わりに雪を薄くのせていた。

その木を見て、私はふと幽霊について思い出した。

瀧本さんが緩和ケア病棟に来て間もない頃、幽霊について大竹さんと話したことがある。そのとき桜の木も話題に上がった。

そういえば大竹さんは気になることを言っていたはずだ。

「前に幽霊の話をしたときのこと、覚えてますか？」

「ええ。時々騒ぎになるやつでしょう」

「はい。そのとき、幽霊は必要だっておっしゃってましたよね」

大竹さんは瀧本さんに対して、幽霊にまつわる噂を話して聞かせた。だけどそれは聞く人によってはすぐにわかる創作話で、真実とは異なる。そう指摘すると大竹さんは『人は時に幽霊を必要とする』というようなことを言っていた。

「あれ、どういう意味だったんですか？」

気になっていたけれど、あのときは仕事中で詳しくは聞けなかった。そのことを今になって急に思い出した。

「大した話じゃないんだけどね」

大竹さんはどこか恥ずかしそうに、そう前置きをした。

「未練があると幽霊になるって話があるでしょう。あれ、実は逆だと思うの」

「逆？」

「死んだ人に対して未練があるのは、まだ生きている人のほう。そういう人がふとした拍子に幽霊を見てしまうのよ。たとえ正体が枯れ尾花だとしてもね」

大竹さんは振り返って木を見上げると、感慨深そうに目を細める。

それはいつか咲いていた花を懐かしむような、穏やかな視線だった。

「私たちはできるかぎりのケアをする。きちんとお見送りができるようにね。それでもやっぱり、生きていると不意にいなくなった人のことを考えてしまうから」

緩和ケア病棟は患者さん本人だけでなく、その家族のケアも行う。最善は尽くすが、それでも癒やしきれないことは多い。

私よりもキャリアが長い大竹さんには、きっともっと苦い経験があるのだろう。

「綺麗な景色を見たときに、おいしいものを食べたときに、嬉しいことがあったときに、もうここにはいない大切な誰かがもしも一緒にいてくれたら、って。そういう心に、幽霊は必要なんだって思ってる」

だから大竹さんは幽霊の噂を否定したくなかったのか。

その心配りを、私はあらためて尊敬する。

「私はまだ幽霊を見たことはないんだけどね」

真面目な話をして照れたのか、大竹さんはふっと表情を緩めた。

そのまま優しい瞳でこちらを見つめて、続けた。

「でも明日からはきっと、私も幽霊を見るようになると思う」

それはこれ以上にないくらいわかりやすい、惜別の言葉だった。

なんと言えばいいかわからず、私はただ黙って頭を下げる。

大竹さんは「できるだけ長く、元気でいてね」と微笑んで、先に外へ向かった。

一人になった私は最後にもう一度だけ中庭の桜を見上げた。その周囲を囲む、巨大な病棟はまるで生き物のように、私を見下ろしている。

後悔はない。

私は看護師を辞めた。

だけどまだ人生は続く。あとどれくらい残されているかはわからないけれど、今はまだ終わらない。

前を向いて一歩進む。

この道の先が死であることはわかっている。

だけど、それは誰しも同じだ。生まれた瞬間に誰もが死を約束される。人が最初に交わす約束だ。

死をまっすぐ見つめて、残りの人生をどんな風に生きようか。

目の前にはまだ無限の未来が広がっていた。

それから一年後。

この病棟で私は長い眠りについた。

エピローグ

長い夢を見ていた気がする。

目が覚めたとき、最初に感じたのは痛みだった。ぼんやりとした意識の中で、身体の至るところが痛いということだけがわかる。

僕が目覚めたことを、看護師さんはすぐに各所へ伝えてくれた。

その後現れた主治医の先生や祖父の話によると、僕はバイトからの帰り道で派手な事故を起こしたようだ。

といっても、人を巻き込んでいない自損事故。野良猫を避けようとして、横転して、そのあたりを転がり回ったり、ぶつかったりしたようだ。そこまではギリギリ記憶がある。

で、ここから僕の記憶はぷつりと途切れている。

どうやら打ちどころが悪くて、再び目覚めるかどうかはわからない、という非常に危険な状態だったそうだ。

事故を起こしたのが十月下旬のことで、目が覚めたのが一月一日。つまり二ヶ月以上も意識不明だったようで、いつの間にか年が明けてしまっていた。

自分が生死の境を二ヶ月以上もさまよっていたなんて、こうして無事に目が覚めた今ではなんだか他人事（ひとごと）のように思える。

とはいえ目覚めてからの痛みや、身体の不快感は生々しく、それらは明らかに自分のものだった。

まるで言うことを聞かなくなってしまった自分の身体を、治療とリハビリによって少しずつ時間をかけて自分の手に取り戻していく。

眠っている間に不思議な夢を見た。

そのほとんどはもう忘れてしまったけれど、夢の中でもこの病院でのバイトを続けていた気がする。入院していた病院とバイト先が同じだったから、そんな夢を見たのかもしれない。

目が覚めてからあっという間に数ヶ月が経ち、すっかり春が近づく三月。

病院の中庭にある桜の木はもう花をつけている。

季節が一つ前に進んだその頃になってようやく、僕は外出ができるようになった。

目が覚めた当初は物覚えが悪くなったり、体力が落ちたりといった後遺症が見られたが、今ではほとんど感じない。

ここから大学に戻り、バイトにも復帰しようと思っている。

「松本くん、元気になって良かったね」

目に涙を浮かべながら、我が事のように喜んでくれたのはバイト先の濱田さんだ。

近い年齢の息子さんがいるため、他人事には思えなかったそうだ。

「またお世話になります」

じいちゃんはバイトなんてしなくていい、と言ってくれたけれど僕はまたここで働きたかった。

よく覚えてはいないけれど、そうしないといけない気がする。それは意識不明の間に見た夢に理由があると思うんだけど、はっきりはしない。

「あ、そうだ」

一度手を叩いてからバックヤードに戻った濱田さんは、一冊の薄いノートを手にしてすぐ戻ってきた。

「これ、多分あなた宛だと思うんだけど」

差し出されたノートの表紙にはなにも書かれていない。ところどころページが破かれている不思議なノートだ。

「看護師のカナちゃんがね、バイトの子に渡してほしいって患者さんに頼まれたんですって」

心臓がドキリと跳ねる。カナちゃん、というのはあのピンクの時計を使っていた看護師さんのはずだ。名字は瀧本。なぜかそんな気がする。

「バイトの子の名前はわからないけど、若くて、馴れ馴れしい、男のバイトに渡してほしいって。うちのバイトで若い男の子なんて、松本くんしかいないでしょ？」

「どこの病室の人とか聞いてませんか？」

「去年の冬に、有料の部屋に入っていた人だったかな。飾らないのにポスターとかを買ってた、ちょっと変わった患者さん」

それなら男爵だ。このノートにも見覚えがあるような気がする。

「そういえば、私もその人に松本くんのことを訊かれたことがあるのよ。だから大きな怪我をして、入院してるって伝えたんだけどね。あの人、そのことにすごく驚いてたの。妙な反応だったから、今でも覚えてる」

「そうだったんですね」

男爵が僕のことを気にしていたのは意外だった。

「ノート、ありがとうございます。読んでみます」

「うん、ここで読んでいきなよ。中は見てないから、どんなのだったか教えて」

今日のところは挨拶だけのつもりだったから、持って帰って読もうかと思ったけどそういうことならここで読もう。売店前の廊下に設置されたイートインスペースに腰掛けて、ノートを開く。

そこには男爵が書いたと思われる文字で、思い出話や様々な持論がつらつらと記されている。そのひねくれた言葉にはどこか愛嬌と哀愁があって、僕はあっという間に引き込まれていった。

最後のページまで読み終えて、僕はノートを閉じる。男爵は手記を無事に書き終えることができていたようだ。そこには男爵らしい恨み言も怨念も込められていたが、それだけではない温かな感情もたしかに遺されていた。

売店にいる濱田さんの様子をうかがう。品出しをしている濱田さんは、僕がノートを読み終えたことには気づいていないようだ。

ちょうどいいので手記の結末は、僕と男爵だけの秘密にさせてもらうことにした。きっと男爵も賛成してくれるだろう。

僕はノートをリュックにしまい席を立つ。

そのとき、廊下の奥から一人の女性がこちらに来るのが見えた。

ピンクの時計を持つ看護師の瀧本カナさん、だけど今日はもう退勤のようで私服姿だ。もしかすると濱田さんが僕をここに足止めしたのって、カナさんと引き合わせるためだったのだろうか。

なんにしてもお節介だ。心の準備ができていない。

僕はそそくさと逃げ出そうと、一歩後ろに下がる。

瀧本カナさんと話はしたい。

いつかきっと、声はかける。

だけどそれは今日じゃない。

せめて明日にしよう。いや万全を期すなら、もっと先がいい。少なくとも今じゃないことだけは間違いないはずだ。

二歩目を後ろに踏み出したところで、ふと足が止まった。

なんとなくそうしなくてはいけないような気がした。

一歩前に踏み出す。

瀧本カナさんにどう話しかけるかはまだ決めていない。

でも、それはなんでもいいはずだ。売店でバイトをしていたことについて話してもいいし、男爵や読書家さんについての話をしてもいい。あるいは眠っている間に見た長い夢の話でもいい。

瀧本カナさんは僕との会話を楽しんでくれるかもしれないし、そっけなくされたり、気味悪がられる可能性もある。

なんにしても、僕の人生はまだ続く。そのことは忘れないようにしたい。

「あの」

僕の声に、瀧本カナさんが振り返る。

そして僕は、やがて死へと至る人生をまた一歩ずつ歩み始めた。

あとがき

一生の間に自分以外の死に触れる機会はいったいどれくらいあるのだろう、と最近よく考えています。

少し前まで「死」は自分だけのものでした。

自分がいつどこで、どんな風に死ぬのか。未練はどれくらいあるのか。小さい頃からそんなことばかりを考えていた気がします。

しかし年齢を重ねていくうちに、他人の死に接する機会が増えました。

そのたびに、死が不平等なくらい平等に降り注ぐことに気づかされます。

大切な存在の死を見送るとき、自分の一部もともに死んでいくような感覚があります。置いていかれたような寂しさと、不安と、後悔にさいなまれ、まっすぐ立つことさえ困難になるくらいに。

その痛みを忘れられる日はきっと永遠に来ない。

でもそれも、大切なあの人からのおくりものだと思えばまた立ち上がれます。

癒えることのない傷と喪失感こそが、失った存在がいかに大切だったかという証(あかし)であり、その存在にかけがえのない思い出をもらっていたという証明です。

生きているかぎり、誰かの死を見送ることは避けられません。それは自分と関係の深い大切な存在かもしれないし、まったく縁もゆかりもない他人かもしれない。いずれにしろ、その人の物語を見届けることができるのは生きている人だけの役割です。痛みとともにそれを受け取ることが、せめてもの手向けになれば。

そんな想いから、誰かの死を見送る物語を書きました。

誰かの死を見送ってきた人もやがては見送られる側へと至ります。

ですが、その死もまた別の誰かが見届けることによって命も物語も巡っていく。

だから本作は「あなたが眠るまでの物語」であって「私が眠るまでの物語」にはなり得ないのだと思っています。

今回もたくさんの方にお力添えいただいて、こうして物語を送り出すことができています。本当にありがとうございました。

最後まで読んでくださった皆様にも最大限の感謝を。

誰かの喪失感にほんの少しでも寄り添える物語であれば幸いです。

二〇二三年八月　遠野海人（とおの かいと）

＜初出＞

本書は書き下ろしです。

メディアワークス文庫

あなたが眠るまでの物語

遠野海人

2023年9月25日　初版発行

発行者　山下直久
発行　株式会社KADOKAWA
〒102-8177　東京都千代田区富士見2-13-3
0570-002-301（ナビダイヤル）
装丁者　渡辺宏一（有限会社ニイナナニイゴオ）
印刷　株式会社暁印刷
製本　株式会社暁印刷

●お問い合わせ
https://www.kadokawa.co.jp/（「お問い合わせ」へお進みください）
※内容によっては、お答えできない場合があります。
※サポートは日本国内のみとさせていただきます。
※Japanese text only

※定価はカバーに表示してあります。

Printed in Japan
ISBN978-4-04-915235-7 C0193

メディアワークス文庫　https://mwbunko.com/

本書に対するご意見、ご感想をお寄せください。

あて先
〒102-8177　東京都千代田区富士見2-13-3
メディアワークス文庫編集部
「遠野海人先生」係